中华诗词研究院 编

杨天石 主编

袁宗刚 编选

十世纪中国诗选书系

歌词卷

（1890～1949）

文物出版社

图书在版编目（CIP）数据

二十世纪中国诗选书系．歌词卷／中华诗词研究院编；
袁宗刚编选．—北京：文物出版社，2023.7
ISBN 978 - 7 - 5010 - 7908 - 7

Ⅰ.①二… Ⅱ.①中… ②袁… Ⅲ.①歌词 - 作品集
- 中国 - 现代 Ⅳ.①I22

中国国家版本馆 CIP 数据核字（2023）第 014751 号

二十世纪中国诗选书系·歌词卷

编　　者：中华诗词研究院
主　　编：杨天石
编　　选：袁宗刚

责任编辑：刘永海
装帧设计：刘　远
责任印制：张道奇

出版发行：文物出版社
社　　址：北京市东城区东直门内北小街 2 号楼
邮　　编：100007
网　　址：http://www.wenwu.com
经　　销：新华书店
印　　刷：宝蕾元仁浩（天津）印刷有限公司
开　　本：710mm×1000mm　1/16
印　　张：14.25
版　　次：2023 年 7 月第 1 版
印　　次：2023 年 7 月第 1 次印刷
书　　号：ISBN 978 - 7 - 5010 - 7908 - 7
定　　价：105.00 元

《二十世纪中国诗选书系》前言

杨天石

　　1900年，八个帝国主义列强打进中国、打进北京，西太后挟光绪皇帝仓皇西奔，中国面临前所未有的亡国危机，于是，爱国救亡、推行新政、共和革命、实业救国、共产革命等运动相继兴起。从19世纪末叶就开始起步的中国社会转型进一步向前发展：从农业文明转向工业文明，专制主义转向民主主义，传统文化转向现代文化。相应地，作为文化一部分的传统诗歌也在发展、变化。

　　中国传统诗歌源远流长，繁荣丰富，产生过无数各具特色的流派和繁星满天、各有独特魅力的诗人。千百年来，他们的作品脍炙人口，传诵不绝，既表达，也同时塑造着中国人的精神世界。但是，在进入20世纪之际，中国传统诗歌却必须随着变化。这是因为：

　　时代变了，中国面临着救亡、改革、革命等新课题；

　　世界变了，中国人面临着前所未见的新世界、新事物；

　　思想变了，马克思主义以及西方的各种思潮、流派，东方近邻日本以及北方苏俄的思想、文化相继输入；

　　语言变了，产生了大量的新词汇和新的语法结构与句式。

　　这四大变化要求作为语言艺术的诗歌也发生相应的变化，其结果便是"诗界革命""新派诗"和"白话新诗"的相继出现。

　　戊戌变法前夜，约光绪二十二年至二十三年（1896~1897）之间，夏曾佑、谭嗣同、梁启超三人相约"作诗非经典语不用"。当时，维新派正企图融合佛教、儒家、基督教三教的思想资料，建设为维新运动服务的"新学"，所谓"经典语"，即三家著作中的词汇。这类诗，被称为"新学之诗"。其代表作为谭嗣同的《金陵听说法》:"而为上首普观察,承佛威神说偈言。一任法田卖人子,独从性海救灵魂。纲伦惨以喀私德,法会盛于巴力门。大地山河今领取,庵摩罗果掌中伦。"诗中"卖人子"一典取自《新约·路加福音》,"喀私德"为英语Caste的译音,用来指印度封建社会把人分为几种等级的种姓制度;巴力门为英语Parliament译音,指英国议会;法田、性海、庵摩罗果均为佛家语。谭嗣同通过这首诗批判封建等级制,表达对英国议会制度的向往。主题是积极的,思想是先进的,但是,全诗堆砌来自"三教"的新名词,使诗的语言源泉更为窄小,完全忽视诗的艺术特点,既算不上诗,也算不上好的政治宣传品。

1898年的戊戌变法失败后,梁启超流亡日本,继续推进"诗界革命"。他在《清议报》《新民丛报》《新小说》等刊物开辟《诗界潮音集》等专栏,又发表《饮冰室诗话》,提倡"以旧风格含新意境"。他说:"欲为诗界之哥伦布、玛赛郎,不可不备三长:第一要新意境,第二要新语句,而又须以古人之风格入之,然后成其为诗。"又曾在《夏威夷游记》中表示:"竭力输入欧洲之新思想,以供来者诗料。"梁启超的这一段议论,鼓励开创、革新,虽提倡用"新语句",但将"新意境"列为首位,这样就既符合诗歌的艺术特点,又纠正了早期"诗界革命"者的形式主义偏颇。中国古典诗歌在漫长的岁月里创造了多种多样的诗体和相应的格律,积累了丰富的艺术经验,梁启超要求接受这些诗体、格律、经验和遗产,"以旧风格含新意境","保持古人之风格",貌似软弱、调和或不彻底,实际上方向正确,是一条正道。

黄遵宪是最早走出国门的中国外交官之一,也是最早描写域外风物"吟到中华以外天"的诗人,题材、内容都空前扩大,风格上也相应有所变化。"费君半月官书力,读我连篇新派诗",他将自己的这些具有新特点的诗作称为"新派诗",以与传统诗词相区别。在《饮冰室诗话》中,梁启超大力推崇黄遵宪,树之为"诗界革命"的样板和主将。康有为诗风和黄遵宪有所不同,但他在和人论诗时主张借助"欧亚"的思想和资料,以"新声"表现"新世",即所谓:"新世瑰奇异境生,更搜欧亚造新声。"可见,他和黄遵宪、梁启超都是同调。

在"诗界革命"中,梁启超虽主张"革其精神,非革其形式",但是,在西方音乐教育传入,歌词写作兴起之后,传统诗词的格律和形式也受到挑战。黄遵宪写作的《军歌》,梁启超赞美"其文藻为二千年所未有",是"诗界革命""至斯而极"的顶峰之作。《江苏》杂志发表的几首歌词也得到梁启超的充分肯定,希望作者们由此精进,出现中国的莎士比亚和弥尔顿。黄遵宪的诗作早年受到梅县民间山歌的影响,1902

年，他向梁启超建议，进一步向民间文学学习，发表《杂歌谣》，"斟酌于弹词、粤讴之间"，或三言，或五言，或七言，或九言，或长短句。梁启超接受这一建议，除刊出《爱国歌》《新少年歌》等新式歌词外，也发表《粤讴·新解心》和《新粤讴》一类作品。这些作品，在格律上已经和传统诗词大相径庭，但梁启超仍然高度评价其艺术成就，赞美其"芳馨悱恻，有《离骚》之意"。

晚清时期，维新派、革命党人为了争取下层群众的理解和支持，纷纷提倡白话文，《无锡白话报》《杭州白话报》《中国白话报》等纷纷兴起。于是，长期统治书面语言的文言文受到冲击，白话文盛行一时，但是，白话报的创办者们普遍认为，白话文只适用于"普及"，供"种田的、做手艺的、做买卖的、当兵的以及孩子们、妇女们"之用，不能用以写作高雅的文学作品。南社发起人陈去病就曾写诗说："女学萌芽魄量低，要须俚俗导其迷。梁园文采邹枚笔，一例推崇待异时。"话说得很明白，为了启蒙，为了导迷，语言必须"俚俗"，至于如西汉时的梁园一样，集中一批如邹阳、枚乘、司马相如等第一流高手，写出第一流的高雅之作，那是要等待未来的。

1915年，民国初建的第四个年头，胡适首次提出"文学革命"的号召。他在送梅光迪进入美国哈佛大学的诗中说："神州文学久枯馁，百年未有健者起。新潮之来不可止，文学革命其时矣。"诗中，胡适连用11个外国名词，自称是"文学史上一种实地试验"。同时又在赠任鸿隽诗中提出"诗国革命"的号召，要求在美国绮色佳读书的中国同学共同努力。1916年4月，胡适研究中国文学的变迁，批评文言是一种"半死文字"，盛赞明代以"俚语"写作的文学为"活文学"。他力主用白话作文、写诗、写戏曲及小说，相信白话作品可以进入"世界第一流文学之林"。这是文学语言和文学观念的一次真正的"大转变"和"大革命"。1917年2月1日，胡适在《新青年》第2卷6号上发表《白话诗》8首，这是中国文学史上在明确理论和自觉意识指导下创作的第一批白话诗。1918年5月，《新青年》第4卷第1号推出胡适、刘半农、沈尹默三人的白话新诗，被称为"现代新诗的第一次出现"。1920年，胡适的《尝试集》出版，这是中国诗歌史上第一部白话诗集。

对胡适的白话诗，当时的南社领导人、诗坛盟主柳亚子却不以为然。他认为，"文学革命"，"所革当在理想，不在形式，形式宜旧，理想宜新"，"若白话诗，则断断不能通"。柳亚子的意见立即遭到胡适的反驳。胡适肯定柳亚子"理想宜新"的主张，认为"形式宜旧"的主张"则不成理论"。他反问柳亚子等南社诗人，何以不采用周朝的宗庙乐歌

《清庙》《生民》的古老形式，而要用后起的"近体"诗与更"近体"的词来写作，以此说明诗的形式是可变的，事实上也在不断变化。胡适的反驳很有力。1924年，柳亚子终于承认：文学是善于变化的东西，中国诗由四言变而为五七言，由五七言古体变而为近体，再变而为词，为曲，是中国诗歌发展中的已然事实，因此由有韵变而为无韵，也是"自然变化的原则"。1921年8月，郭沫若的诗集《女神》出版，这部诗集反映五四时期的时代精神，以其冲决一切的昂扬、奔放激情震动了中国的文坛和思想界，显示白话诗的实绩。柳亚子特别称赞其中的《匪徒颂》，誉为"有高视阔步，不可一世的气概"，是"白话诗集中无上的作品"。柳亚子的态度转变反映了传统派诗人对白话诗成绩的肯定。此后，白话诗迅速成为诗坛主流。

白话诗，如其名所示，以白话写作。初期的白话诗人，如胡适，其作品还留有脱胎旧体和文言的痕迹。至郭沫若，则纯用口语，既不讲格律，也不用严格押韵，激情所至，信口道出，信笔写来，不受任何拘束，可以说彻底扫除了传统诗词的一切格律和形式的羁绊。当然，也有人，例如闻一多，试探过"带着脚镣跳舞"，企图建立新的格律体或半格律体；或者，引进日本的俳句；或者，引进苏联马雅可夫斯基式的"楼梯诗"。五四运动以后中国的新诗坛，出现了思潮汹涌、流派众多、名家辈出、作品如林的局面，既前所未有的繁荣，也前所未有的复杂。有人认为："我们的新诗很伟大，新诗的建树了不起，要说唐诗是伟大的，中国新诗也是伟大的。"甚至说："新诗一百年，在艺术上一步步地达到了她的高峰。""只要有一丝阳光照进来，穿上她应穿上的漂亮衣服，她仍然是在世最美的美人。"不过，也有人持完全相反的论调。

五四运动以来的新诗流派众多。最早出现的是20世纪20年代的尝试派、文学研究会（人生派）、创造社（早期浪漫主义）、湖畔诗派、新格律诗派（新月派）、中国早期象征诗等流派；30年代出现过中国现代派诗群、七月派等流派；40年代出现过九叶诗派和以《王贵与李香香》为代表的民歌派；50年代出现过中国现实主义、新现代主义（现代派诗群）、蓝星诗群（蓝星诗社）、创世纪诗群（创世纪诗社）；70年代出现过朦胧派（今天派）、白洋淀诗群、中国新现实主义等流派；80年代出现过新边塞诗派、大学生诗派、第三代诗群（新生代诗群、新世代）等流派；90年代出现过网络诗歌（网络诗人）、民间写作、第三条道路写作、中间代、信息主义、70后诗人等流派；至1997年，则出现新时代派。

以诗人论，除前述胡适、郭沫若外，先后出现沈尹默、俞平伯、康白情、刘半农、刘大白、周作人、王统照、冰心、朱自清、宗白华、王独清、冯乃超、穆木天、应修人、汪静之、徐志摩、孙大雨、林徽因、闻一多、朱湘、邵洵美、卞之琳、陈梦家、李金发、戴望舒、何其芳、李广田、冯文炳、林庚、冯至、纪弦、辛笛、徐迟、艾青、胡风、田间、牛汉、鲁藜、绿原、阿垅、邹荻帆、李季、李瑛、郭小川、公刘、张志民以及闻捷、邵燕祥、舒婷、北岛等众多名家。

在白话新诗成为主流的情况下，传统诗和传统派诗人退居边缘，文学刊物、报章杂志通常不登旧体诗词，书写、记录中国新文学发展历史的著作通常也不讲旧体诗和旧体诗作者。

这是一种两极化的思维方式，既不可取，也不足为法。

然而，世间事大体都是复杂的。白话诗虽然成了诗坛主流，几乎一统天下，但是却只在部分知识青年中流行。推其缘由，可能在于它口语化、散文化、欧化、朦胧化、怪诞化的情况过于严重，既脱离中国传统诗歌的艺术传统，也脱离人民群众的欣赏习惯。它既不好记忆，又不便吟唱，因此，流传不起来。一些熟悉旧体诗或写惯旧体诗的人还是愿意用旧体诗词的格式写作。他们坚守旧域，默默写作，默默出版、流传。一些推进和引领时代的革命者和文化人也继续利用旧体诗词的格式抒情言志，表现新的思想和新的生活，毛泽东、朱德、陈毅、叶剑英以至鲁迅、赵朴初、聂绀弩诸人，都乐于用旧体写作。他们也确实写出了一批能上继传统，又为人民群众所喜爱的优秀作品，说明传统诗词的格律和形式虽然古老，但却仍然拥有强大的生命力。

1957年1月，《诗刊》创刊，毛泽东曾给《诗刊》的首任主编臧克家写了一封信。内称："《诗刊》出版，很好，祝它成长发展。诗当然应以新诗为主体，旧诗可以写一些，但是不宜在青年中提倡，因为这种体裁束缚思想，又不易学，这些话仅供你们参考。"毛泽东的这封信和同时发表的18首诗词在当时曾经产生很大影响。尽管毛泽东认为诗应该"以新诗为主体"，但他本人却仍然喜欢并以传统诗词的格律和形式写作。值得注意的是，一些新诗开创者，如郭沫若、臧克家等人，到晚年也回头写旧诗。近年来，越来越多的人喜欢用旧格律、旧形式写作，发表旧体的诗刊、诗社风起云涌，出现了诗歌创作向旧体复归的现象。这些现象，值得人们的重视和研究。如何既得心应手地反映新的时代和生活，揭示、抒发人们丰富、优美、多姿多彩的感情世界，而又保持中国诗歌好记能唱，境界鲜明而又意味深长的优良传统，可能需要人们长期的努力和探索。"万物并育而不相害，道并行而不相悖"，在文学艺术领域，在新诗的创作和发展中，可能更需要中国自古就有的这种兼容并包、百花齐放的精神，而不能定于一，止于一，唯一是从。有一段时期，只认白话诗为诗，旧体诗，写得再好，也不能写进文学史，这是一种形式主义的错误做法。

众川入海，万流成洋，中国古代诗歌史、现代诗歌史的客观事实是众体并存，我们在编辑20世纪中国诗选时也力求众体并录，因此本书系分为《古近体诗卷》《词卷》《散曲卷》《新诗卷》《歌词卷》《歌谣卷》等，共六卷，辅以《理论卷》六卷（编辑中），旨在展示20世纪以来中国各派诗人、各种体裁的创作面貌和曾经有过的理论研究与争议，以期总结历史经验，探讨未来的发展道路，既为读者提供一部阅读和借鉴的选本，也为研究者提供一部分析和研究的资料。

写诗难，选诗也并不易。20世纪的中国诗歌有如浩瀚的大海。据统计，五四运动以来，仅仅公开出版的新体诗集，就有1万余种，旧体诗词集更难以计数。作为选本，自然要拣选思想和艺术都好的诗；作为资料，自然要选录能代表其流派、其风格特点的诗。要做到这两点，选好、选准，以艺术性为主，兼顾思想性、学术性与资料性，是件很难的事。我们的篇幅有限，入选的大家、名家，所选者也只能寥寥几首，至多，也只能一二十首。要选好、选准，自然难上加难。而且，见仁见智，各有所爱，我们虽邀请专家，多次讨论，反复斟酌，屡易其稿，但自感学力不足，水平有限，可资参考的资料不多，加之时间匆促，缺漏不当之处肯定很多，期望听取广大读者的意见，不断修订、完善，我们将不断更新，为读者提供日益完善的选本。

应该说明的是，近代社会发展迅速，人物经历变化多端。有些作者，或一度居于时代前列，写过较好，甚至很好的作品，或代表当时重要的诗歌流派及其风格，有过重要影响。这其中的少数人，后来逆潮流而动，不是拉车前进，而是拉着车屁股向后，甚至堕落为民族败类，大节亏污。但是，我们为再现20世纪中国诗坛的真实发展和整体面貌，对于此类作者，在指出其亏污，予以批判的同时，也酌收其作品，对此，读者当能理解。

2018年8月17日写定

前　言

───────────────

　　近现代以来，中国社会经历了深刻的社会变革。这变革体现在社会的方方面面。以歌曲歌词为例，该时期作品处于中国有史以来变化最快、最剧烈的时代，诸多创作者以歌曲的方式来回应时代的激越。无论是伴随着新式学堂而起探索变革、学夷制夷、发奋自强的学堂乐歌，抑或是倾诉思家之念、动员全民抗战、表达仇敌之情的抗战救亡歌曲，都带有深深的时代印迹。

　　创作歌词，作为该时期一种重要的文献记载方式，伴随着与之相洽的音乐，被全新而喧嚣的时代裹挟着，植根传统诗歌文化土壤，借鉴西方歌曲元素，开出了属于自己的花朵。成为广大创作者彰显时代声音、彰扬时代情感、展现民生疾苦的重要形式。

一

歌词与诗歌之关系

　　诗、歌本为一家。《诗大序》曰："诗者，志之所之也，在心为志，发言为诗。情动于中而形于言，言之不足故嗟叹之，嗟叹之不足故永歌之，永歌之不足，不知手之舞之足之蹈之也。"在此，诗歌、音乐、舞蹈成为融合一体的综合艺术，表达了古人对人与自然、社会与人生的思考及情感宣泄。在这个过程中，"情动于中"尤其关键，它是"志"与"言"之肯綮。

　　从先秦到两汉时，诗与歌是作为一个共同体出现的，二者之间内涵并无根本之差别。如《礼记·乐记》中云："故歌之为言也，长言之也。说之故言之，言之不足故长言之，长言之不足故嗟叹之，嗟叹之不足，故不知手之舞之，足之蹈之也。"郭绍虞先生称之为"舞必合歌，歌必有辞"。

随着时代变迁，文体之觉醒，诗与歌之隔阂愈加深厚。诗更多地趋向于士人抒己之情志的方向，歌则更多地趋向于抒发大众情感的方向。汉代之后，诗与歌之间的差异逐渐增大。汉至魏晋六朝时，"歌词（辞）""歌诗"之称谓逐渐流行起来。如石崇《思归引》序中云："今作歌辞，以述余怀。"《汉书·艺文志》中曾列诗赋为五类，第五类为"歌诗"。

诗与歌之间差异的另一个重要表现，即乐府机构的建立。乐府，是古代管理音乐的行政机关，秦朝时便已设立。汉代沿用秦制，汉武帝时期大规模扩建，其主要任务是训练乐工、制定乐谱、编纂各地民间音乐、整理改编与创作音乐、进行演唱及演奏等。后来，乐府成为一种带有音乐属性的诗体名称。其实，从另一个角度讲，除却那些采集自各地的民歌外，那些由文人创作且谱曲演唱的诗，都应该算作创作歌词。如《战城南》《东门行》《十五从军征》《陌上桑》等大家耳熟能详的古体诗，都是成就特别高的创作歌词。唐朝时期，虽然这些古诗的乐谱都已失传，但这种创作形式却被继承下来，成为一种有严格格律、近于五七言古体诗的诗歌体裁。宋代，郭茂倩将汉至唐代乐府裒辑到一起，编成《乐府诗集》。是书根据歌诗性质、乐器种类等将乐府诗分为郊庙歌辞、燕射歌辞、鼓吹曲辞、横吹曲辞、相和歌辞、清商曲辞、舞曲歌辞、琴曲歌辞、杂曲歌辞、近代曲辞、杂歌谣辞、新乐府辞等12类。两汉乐府诗主要保存在郊庙歌辞、鼓吹曲辞、相和歌辞和杂歌谣辞中，作者涵盖了从帝王到平民各阶层，像司马相如这样著名的文人也曾参与乐府歌诗的创作。《汉书·艺文志》著录西汉歌诗28家，314篇，基本都是乐府诗。

讲究格律的书面文学诗歌，在唐朝时期达到一个巅峰。与诗的繁荣相比，五代到宋时，歌、歌词之名也逐渐流传开来。如苏轼在《和致仕张郎中春书》中云："浅斟杯酒红生颊，细琢歌词稳称声。"张耒《〈贺方回乐府〉序》中云："予友贺方回，博学业文，而乐府之词高绝一世。携一编示予，大抵倚声而为之词，皆可歌也。"将歌词合乐、可唱之特点淋漓尽致地表现出来。应该说，唐宋时期，歌词与作为文学的词有更为密切之关系。元朝时期，歌词更多地与散曲结合，明代，民歌为歌词的发展注入活力；清代，歌词则更多以戏曲的形式呈现出来。

二

近现代歌词与新诗

1840年"鸦片战争"后,随着西方资本主义列强的入侵,西方文化、西方理念等随着坚船利炮一同进来,传统政治模式、文化生态、话语体系等受到严重冲击。部分有识之士,抱着"师夷长技以制夷"的心态,开始走出国门,走向世界,学习西方,希望通过文化启蒙等方式,为中国社会注入更多新鲜血液,改变被压迫被欺凌的处境。近现代音乐与诗歌,正是在这种背景下实现蜕变与转型。这段时期,诗歌逐渐完成了由传统的古典诗歌向现代新诗的过渡。较之古典诗歌,现代诗的形式是自由的、内涵是开放的,在意象经营方面更侧重于修辞。以自由开放的精神,以直率的情境陈述,进行"可感与不可感之间"的沟通。

诗歌的这种变化,在近现代歌词的创作中也有明显的体现。该时期深刻的社会、文化的变动,一大批具有深厚国学素养的大师,加入到创作歌词者的行列,他们怀着期望通过音乐的方式来达到"养道德、善风俗、助学艺、调性情、完人格"(黄子绳、权国垣等撰《〈教育唱歌〉序言》)的目的,与"经夫妇,成孝敬,厚人伦,美教化,移风俗"(《诗大序》)的诗歌目的几无二致。深厚学养加上裨益教化的目的,使得歌词的诗意与文学性大大增强,歌词里呈现出的意象、意蕴与诗歌里营造的意境愈发接近。

学堂乐歌正是这文化启蒙的一种产物。倡导者认为音乐是新式教育中极其重要的部分,也是最易普及、最能见其成效的方式,如黄子绳等《教育唱歌》序言中所称:"音乐之为体,其入人也易,故吾人之习他科,不如习音乐之善。"汤介士《中小学音乐教科书》序中称:"音乐为感情教育之一,其于国民道德性情,感人最深而移人最速者也。"沈心工、李叔同、曾志忞等启蒙音乐教育家都是学堂乐歌的倡导者、践行者、推广者。

学堂乐歌的很大一个特点,即在曲调方面,多借鉴外国曲子;在歌词方面,则呈现出传统与现代相交融的特点,像沈、李这样的大家,都具有深厚的传统文化根基,又具有海外游学背景,所以创作出的歌曲,既具有传统诗文的悠长韵味,又带有强烈的时代气息,是研究传统与现代诗歌过渡时期的重要资料。

随着文化启蒙的走向深入，尤其是五四时期的新文化运动，传统话语体系在急剧的变化下受到重大冲击，对歌曲及歌词创作产生巨大影响，主要体现在观念、语言、曲调、传播方式等方面。此时，学堂乐歌中体现的那种盲目的大国思想与崇武精神等已褪去，歌词创作者开始用新的词汇与叙述方式来表现"民主""民族""个人""幸福"等内容，而白话逐渐成为歌词创作的首选。胡适、陶行知、黎锦晖等是该时期白话歌词创作者的重要代表。该时期，新诗与歌词曾产生过短暂的交融。许多歌词作者，兼具诗人身份，如刘大白、刘半农等。

20世纪20年代后期，随着其自我属性的觉醒，歌词与新诗之间的背离逐渐加大。创作歌词以一种更为独立的文学样式走入人们的视野，成为大众文艺的重要组成部分。许多文人走入歌词创作者的行列，成为专职创作歌词作家。歌词关切时事、关注大众生活、抒发大众情感、流畅易懂等特点被放大。与此同时，现代诗歌，则更多地依靠个人情感的经验上进行创作。作品中所传递出的讯息，更多地趋向于个人情感与情绪的表达，出现自拘于象牙塔而逐渐脱离大众日常生活的倾向。

三

作为诗歌的现代歌词

应该说，五四新文化运动是一个重要的分水岭。如果说之前的创作歌词更多地继承、延续了传统文化的话语、叙述方式等。五四之后，现代意义上的新思想、新感情、新的叙述方式才逐渐浸入国人心中，具有现代意义的新文艺逐渐扎下了根。也正是在这个时期，现代音乐教育体系也初步形成，重要标志之一即1919年北京大学音乐研究会的成立。1927年，中国第一所高等音乐学校国立音乐院的成立，标志着现代教育体系向前迈进了重要一步。专门音乐学院的成立，培养了大量专业音乐人才，为创作歌词的发展提供了重要人才储备。20世纪30年代以后，我们逐渐摆脱了那种完全借用外国音乐曲调来填词的创作方式，开始出现一词一曲，每首歌词都有其专属音乐的新局面。

从创作目的、作品内容以及受众等几个方面考量，五四之后到抗战爆发前，中国的歌曲主要分艺术歌曲、社会歌曲、流行歌曲三大类。所谓的艺术歌曲，更多地指为音乐会等演出场所创作的歌曲。从创作歌词角度言，此类歌词题材与生活情趣相对比较狭窄，在抒情方式上，一般细腻而感伤，多是感于动荡的时局，笼罩着淡淡的感伤气息；在表达方式上，一般具有清新淡雅的叙述方式。如当时流传较广的易韦斋的《问》就较为典型："你知道你是谁？你知道华年如水？你知道秋声添得几分憔悴？垂！垂！垂！垂！你知道今日的江山，有多少凄惶的泪？你想想啊：对、对、对。‖ 你知道你是谁？你知道人生如蕊？你知道秋花开得为何沉醉？吹！吹！吹！吹！你知道尘世的波澜，有几种温良的类？你讲讲啊：脆、脆、脆。"歌词用一种自问自答的语气，用一种幽怨的口吻，将人生的惶惑、世道的迷惘、尘世的波澜等关涉生命价值与意义的重要命题抛掷出来。虽没有"前不见古人，后不见来者。念天地之悠悠，独怆然而涕下"那样宏阔苍凉的意境，但却真实地反映了那个时代很多人的困惑与迷茫，读来也能引人深思。

艺术歌曲歌词另一个重要特点即在歌词用语的选择上，还有一种拟古的倾向。这倾向不仅在意境的营造上，更表现在遣词用语上。如著名的歌词作家韦瀚章1932年创作的歌词《思乡》："柳丝系绿，清明才过了，独自个凭栏无语。更那堪墙外鹃啼，一声声道'不如归去'！惹起了万种闲情，满怀别绪。问落花：'随渺渺微波，是否向南流？'我愿同他去。"与"多情自古伤离别，更那堪冷落清秋节！今宵酒醒何处？杨柳岸，晓风残月"。用语及所营造意境等甚为相似。

总之，这类艺术歌曲歌词在时代的洪流中略显小众，他们更多注重歌曲的艺术形式，用其敏感而细腻的笔触，表达着对时代的感受与态度，是创作歌词中与传统的诗词最为相近的一类歌词。

社会歌曲，顾名思义是指反映当时社会现实的作品。这类歌曲的歌词，很明显的一个特点是在内容上展现了国家民族的苦难与底层人民的悲惨境遇，在情感表达上则更多地表现为号召团结最广大人民奋起抗争的昂扬抗争精神。五四新文化运动之后，渴望变革的激进文化思潮充斥在社会生活的方方面面，这就是学界所称的"左翼文化思潮"。这种激进的文化思潮宣扬文艺的宣传、鼓动性特点，对此瞿秋白在《文艺的自由和文学家的不自由》一文中曾有集中论述："文艺——广泛的说起来——都是煽动和宣传，有意的无意的都是宣传。"正是在这种文艺为宣传、煽动而创作思潮的裹挟下，描写社会不公与苦难、民族遭受外敌欺凌等境况，唤起民众的抗争、呼吁民族的救亡的社会歌曲登上历史舞台。如由施谊作词《西洋镜歌》："望里头看来望里张，单看这满街的灯火辉煌的亮。嘿！过来往里看！嘿！过来往里张！嘿！十里洋场有九里荒，十个年轻人有九个彷徨。卖力的有力无处卖，出门人看你向何方。‖ 望里头看来望里瞧，单听这汽车的喇叭呜呜的叫。嘿！过来往里看！

嘿！过来往里瞧！嘿！十个大姑娘有九个俏，十家的买卖有九家萧条。有钱人有钱无处放，没钱人在风雨里正飘摇。||望里头看来望里瞅，单瞅这来来去去的天天有。嘿！过来往里看！嘿！过来往里瞅！嘿！要活命就得自己救，十字街头你切莫停留。再造起一个新世界。向前去，凭着你自己的手！"社会凋敝、人心惶恐、底层人民的悲愤与痛楚，透过口语化的歌词淋漓尽致表现出来。歌词的重点不仅仅在表现这种社会现状，更主要是唤起大家"活命就得自己救""凭着你自己的手""再造起一个新世界"。

随着抗日战争的爆发，国家兴亡、民族命运就被摆到一个极其重要的位置，反映同仇敌忾、抗战救亡的歌曲成为全民族的呼声与共同旋律。该时期的歌词，呈现出一种昂扬的激越，在充满战斗气息的字符中，将民族生死危亡时刻的情形呐喊出来，田汉、潘子农、麦新、贺绿汀等是该时期的重要代表歌词作家。潘子农作词、刘雪庵作曲的《长城谣》，便是一首流传较广的抗战救亡歌曲："万里长城万里长，长城外面是故乡。高粱肥，大豆香，遍地黄金少灾殃。自从大难平地起，奸淫掳掠苦难当。苦难当，奔他方，骨肉离散父母丧。||没齿难忘愁和恨，日夜只想回故乡。大家拼命打回去，哪怕倭奴逞豪强。万里长城万里长，长城外面是故乡。四万万同胞心一样，新的长城万里长。"舒缓并不激越的歌词与曲调下，蕴含着对日寇侵占我故土、杀戮我同胞的深深控诉，并号召大家万众一心，筑成新的血肉长城，将敌人赶出家园，重回家乡。如果说潘子农的这首《长城谣》属于更文艺、更内敛、更低沉式的控诉与反抗，麦新的《大刀进行曲》则采用另一种画风："大刀向鬼子们的头上砍去！全国武装的兄弟们，抗战的一天来到了。前面有东北的义勇军，后面有全国的老百姓。咱们中国军队勇敢前进，看准那敌人，——把他消灭！把他消灭！冲啊！大刀向鬼子们的头上砍去！——杀！"歌词表现了一种更为激越、昂扬的情感，更加直白、痛快、躁动的方式，号召国人同仇敌忾、消灭敌人，更具鼓动性。

抗战胜利后，国内革命战争时期，反映根据地生活、反对专制独裁、争取民主自由、歌颂共产党、歌颂祖国及家乡等是该时期歌词创作的重要内容。在创作形式上，多采用集体创作方式，大量借鉴民歌的叙述方式，歌词创作由文人型逐渐向集体创作转变。由贺敬之作词、广为流传的《南泥湾》即是这类歌词的代表："花篮的花儿香，听我来唱一唱。唱呀一唱。来到了南泥湾，南泥湾好地方。好呀地方。好地方来好风光，到处是庄稼，遍地是牛羊。||往年的南泥湾，到处是荒山。没呀人烟。如今的南泥湾，与往年不一般。不呀一般。再不是旧模样，是

陕北的好江南。‖ 陕北的好江南，鲜花开满山。开呀满山。学习那南泥湾，处处是江南。是呀江南。又学习来又生产，三五九旅是模范。咱们走向前，鲜花送模范！"欢快的曲调，轻快的节奏，朗朗上口的歌词，描绘了一幅栩栩如生的根据地军垦生活图。

应该说，创作歌词与诗歌之间一直存在着断续关系。好的创作歌词，不仅能体现时代特色，更具有很强的文学审美性。黑格尔曾对音乐、诗、歌词之间的关系曾有过一段论述："一般地说，在音乐与诗的结合体之中，任何一方占优势都对另一方不利。所以歌词如果成为具有完全独立价值的诗作品，它所期待于音乐的就只能是一般微末的支援；例如古代戏剧中合唱就只是一种处于从属地位的陪衬。反之，如果音乐保持一种自有特性的独立地位，歌词在诗的创作上也就只能是肤浅的，只能限于表现一般性的情感和观念。对于深刻的思想进行诗的刻画，正如对外在自然事物的描绘或一般描写体诗一样，不适宜于歌词。"（《美学》第3卷）黑格尔的这段话，很好地诠释了音乐、诗、歌词三者之间关联。从整体而言，现代诗更注重个体精神的感悟与抒发，在内涵与意蕴上比追求大众化、通俗易懂的歌词更胜一筹；但是，从传播范围与受众人群角度讲，歌词鲜明的情绪表达与影响范围又是现代诗所无法比拟的。感情澎湃而激烈的歌词，往往敏锐感知并捕捉到群体的情绪，并用符合当下流行方式的、利于传播的方式展现出来，为案头写作的诗歌提供了丰富而深刻的精神滋养。同时，很多歌词创作者本身深厚的文学素养，使得歌词在具备流行性时，同时也具有深刻性特质。

但从目前的歌词文学研究过程来看，对歌词的文学性研究的理论相对缺乏，理论的广度与深度也较为欠缺。同时，学界对相关歌词资料的搜集也相对不足，从一定程度上也制约了歌词文学研究进程。基于此，我们搜集了自1890年起，迄1949年止约60年间的歌词作品，以期为现代诗歌研究提供另一个可资借鉴的角度，以裨益现代诗歌研究。

凡 例

一、本书所收作品，选自歌词选或歌词总集，主要资料来源为当时的唱歌集汇编及某些现代出版物。

二、本书所收作品时限为 1890～1949 年，因个别作品创作年代无法确定，可能会作于 1890 年之前。

三、本书中作品的排列顺序，大致以年代为经，以歌词作者为纬的方式排列，兼顾创作题材与类型。

四、本集编选作品的标准为文学性与典型性兼顾。

五、在行文上，对能搜集到相关资料的作者做简要介绍，作者生平难以考订的，从略处理。

六、歌词的内容，一般原文照录。但某些副歌部分重复多次的歌词，在不影响诗歌意境与气势的前提下，适当删减，不另注明。

七、对采用底本字迹模糊等原因而未能识别的作家、作品名及个别字句，均用"□"代替。

八、除个别人名、地名及特殊用法外，字体均采用简体字。

九、对从谱上直接抄录的作品的标点符号，均系编者添加。

目　录

二十世纪中国诗选书系

歌词卷（1890~1949）

黄遵宪

黄遵宪（1848～1905），广东嘉应人。字公度，别号人境庐主人。清朝诗人，外交家、政治家、教育家。工诗，喜以新事物熔铸入诗，有"诗界革新导师"之称。其作品有《人境庐诗草》《日本国志》《日本杂事诗》等。被誉为"近代中国走向世界第一人"。

出军歌

黄遵宪 词，李叔同 曲

一

四千余年古国古，是我完全土。二十世纪谁为主？是我神明胄。君看黄龙万旗舞，鼓！鼓！鼓！

二

一轮红日东方涌，约我黄人捧。感生帝降天神种，今有亿万众，地球蹴踏六种动。勇！勇！勇！

三

绵绵翼翼万里城，中有五岳撑。黄河浩浩流水声，能令海若惊，东西禹步横庚庚。行！行！行！

四

南蛮北狄复西戎，泱泱大国风。蜿蜒海水环其东，拱护中央中，称天可汗万国雄。同！同！同！

五

剖我心肝挖我眼，勒我供贡献。计口缗钱四万万，民实何仇怨，国势衰嘻人种贱。战！战！战！

"嘻"字，有版本作"颓"，如秦启明编著《李叔同音乐集修订本》苏州大学出版社，2017年，第19页。

作于1902年。选自《弘一大师全集》编辑委员会编《弘一大题全集》，福建人民出版社，1991年，第463页。

严复

严复（1854～1921），初名传初，改名宗光，字又陵，后名复，字几道，晚号愈野老人，福建侯官（今福州市）人，中国近代启蒙思想家、新法家、翻译家，是中国近代史上向西方国家寻找真理的"先进的中国人"之一。

国乐

严复 词，爱新觉罗·溥侗 编曲

巩金瓯，承天帱，民物欣凫藻，喜同袍，清时幸遭，真熙皞，帝国苍穹保，天高高，海滔滔。

这首歌清朝第一首法定国歌，也是历史上第一首法定国歌。清宣统三年（1911）八月十三日（阳历十月四日）颁定。选自毛翰编著《辛亥革命踏歌行 1900-1916 中国歌曲选》，安徽文艺出版社，2011 年，第 111 页。

康有为

康有为（1858～1927），原名祖诒，字广厦，号长素，又号明夷、更甡、西樵山人、游存叟、天游化人，广东省南海县丹灶苏村人，人称康南海，中国晚清时期重要的政治家、思想家、教育家，资产阶级改良主义的代表人物。

演孔歌

康有为 词，大同学校 曲

尼山崒崒，猗彼鲁东。灵麟吐书，亶纵睿聪。智周万物，道与天通。脱然世表，岂不雍容。乃心肫肫，实哀憨蒙。誓言拯之，共其吉凶。

原载《新民丛报》第三年第十期，1904 年 11 月 1 日发行。

梁启超

梁启超（1873～1929），字卓如、任甫，号任公，又号饮冰室主人、饮冰子、哀时客、中国之新民、自由斋主人。清朝光绪年间举人，中国近代思想家、政治家、教育家、史学家、文学家。戊戌变法（百日维新）领袖之一，中国近代维新派、新法家代表人物。

志未酬

梁启超 词

志未酬，志未酬，问君之志几时酬？志亦无尽量，酬亦无尽时。世界进步靡有止期，吾之希望亦靡有止期。众生苦恼不断如乱丝，吾之悲悯亦不断如乱丝。登高山复有高山，出瀛海复有瀛海。任龙腾虎跃以度此百年兮，所成就其能几许？虽成少许，不敢自轻。不有少许兮，多许奚自生。但望前途之宏廓而寥远兮，其孰能无感于余情？吁嗟乎，男儿志兮天下事。但有进兮不有止，言志已酬便无志。

歌词原作于1901年。选自刘佳声编著《二十世纪中国歌曲史编（1900～1949）》上册，内蒙古少年儿童出版社，2000年，第5页。

爱国歌四章

梁启超 词

泱泱哉！吾中华。最大洲中最大国，廿二行省为一家。物产腴沃甲大地，天府雄国言非夸。君不见，英日区区三岛尚崛起，况乃堂矞吾中华。结我团体，振我精神，二十世纪新世界，雄飞宇内畴与伦。可爱哉！吾国民。可爱哉！吾国民。

芸芸哉！吾种族。黄帝之胄尽神明，浸昌浸炽遍大陆。纵横万里皆兄弟，一脉同胞古相属。君不见，地球万国户口谁最多？四百兆众吾种族。结我团体，振我精神，二十世纪新世界，雄飞宇内畴与伦。可爱哉！我国民。可爱哉！我国民。

彬彬哉！吾文明。五千余岁历史古，光焰相续何绳绳。圣作贤述代继起，浸濯沉黑扬光晶。君不见，揭来欧北天骄骎进化，宁容久屇吾文明。结我团体，振我精神，二十世纪新世界，雄飞宇内畴与伦。可爱哉！我国民。可爱哉！我国民。

轰轰哉！我英雄。汉唐凿孔县西域，欧亚抟陆地天通。每谈黄祸耆且栗，百年噩梦骇西戎。君不见，博望定远芳踪已千古，时哉后起我英雄。结我团体，振我精神，二十世纪新世界，雄飞宇内畴与伦。可爱哉！我国民。可爱哉！我国民。

该歌词原作于1903年。摘选自王蘧常选注《梁启超选集》，人民文学出版社，2004年，第387～389页。

黄帝子孙尽雄武

梁启超 词，〔德〕寇肯 曲

黄帝子孙尽雄武，屹立中流作砥柱！仇我何人不蚩尤，逐敌无地非涿鹿，中国少年谁敢侮！亚雨欧风卷地来，猛虎毒蛇实悍哉。丈夫不辞浴血死，捍我邦国靖风霾。誓使鸿功铭石鼓，岂因骏骨上金台！不见张骞傅介子，凿空万里威八垓。

此歌作于民国初年。选自张秀山编《最新音乐中等教科书》，1913年。后与《古从军行》等歌曲一起选入杜庭修编的《仁生歌集》。

陈颂平

陈颂平，即陈懋治，字颂平，江苏元和人，近代语言学家、教育家。光绪十九年（1893）癸巳恩科副榜贡生，光绪二十年（1894）中甲午科举人。光绪二十三年（1897），与同学杜嗣程、沈叔逵等为南洋公学外院合编《蒙学课本》，为中国近代第一本自编教科书。光绪二十八年（1902）他编译出版了《高等小学中国历史教科书》，曾在《中华教育界》上发表《国民学校改设国语科意见书》，提议小学改"国文科"为"国语科"，后由教育部正式下令修改。

尊孔

陈颂平 词，佚名 曲

大哉孔子，时中之圣，六艺之宗。经礼三百，曲礼三千，卓然儒风。布衣倡学，百家腾跃，黄帝神农。冠裳俎豆，犹秉周礼，庙祀式崇。诗书礼乐，因时损益，于今为隆。春秋三世，升平迭衍，瞻焉大同。

原载于沈心工编《学校唱歌集》，1904 年。今摘选自毛翰编著《辛亥革命踏歌行——1900 ~ 1916 中国歌曲选》，安徽文艺出版社，2011 年，第 18 页。

夏颂来

夏颂来，即夏清贻（1876 ~ 1940），字颂来/颂来，号公奴，江苏嘉定人，民国教育家、音乐家、翻译家、出版家、政治人物，工篆书。早年曾经留学日本，就读于早稻田大学。1902 年，创办上海开明书店。1904 年，成为沈心工在上海举办的速成乐歌讲习会、沪学会等音乐教学团体的学员。经过学习，他使用日本作曲家奥山朝恭作曲的《樱井诀别》曲调，填词而成爱国歌曲《何日醒》。这首歌受到了包括周恩来在内的众多中国青年的喜爱，并被誉为我国"音乐教育先驱"。

何日醒

夏颂来 词

一　鸦片烟

一朝病国人都病，妖烟鸦片进。呜呼吾族尽，四万万人厄运临。饮吾鹆毒迫以兵，还将赔款争。宁波上海，闽粤厦门，通商五口成。香港持相赠，狮旗猎猎控南溟。谁为戎首，谁始要盟，吾党何日醒。

二 圆明园

江淮湖广红巾横，南疆方用兵。欧人乘吾衅，英法联军猝入城。生擒粤帅逼帝京，宫庭猛一惊。热河北狩，仓猝言和，奇羞城下盟。宫阙灰飞烬，咸阳一炬劫圆明。内忧未已，外患迭乘，吾党何日醒。

三 东海滨

斯拉夫族东趋猛，西比利亚平。黑龙江已定，黑鹫军旗列戍营。诱吾边将缔新盟，重将界线评。乌苏里外，兴凯湖东，从今拔汉旌。崴埠占形胜，东洋舰队一时成。引狼入室，揖盗开门，吾党何日醒。

四 甲申

镇南关外风烟暝，南藩泣请兵。黑旗军犹整，上国援师远出征。法军舰队肆横行，吞舟跃巨鲸。宁波石浦，沪尾基隆，隆隆战炮鸣。鼓浪闽江进，兵轮船厂一时倾。自顾不暇，遑恤藩屏，吾党何日醒。

五 甲午

风波蓦地潮流劲，扶桑杀气生。三韩初告警，舰队横飞陆队行。牙山黄海平壤经，烽烟辽海盈。金州旅顺，威海荣城，纷纷一掷轻。一旦辽东并，强俄德法猝缔盟。谁应吾请，谁为吾争，吾党何日醒。

六 海军港

欧洲均势恒相兢，风潮东亚侵。胶州先起衅，德国无端驻戍兵。大连旅顺让俄登，东清铁道成。广州湾口，威海卫城，相将隶法英。新界九龙订，三门湾又启纷争。河山锦绣，豆剖瓜分，吾党何日醒。

七 义和团

汽车电线中途梗，"妖拳"满帝京。教堂烧已尽，使馆围攻武卫营。大沽敌舰炮齐鸣，长驱八国兵。宫庭鼎沸，惨杀横施，燕云市血腥。警报中宵紧，乘舆飞辇向西行。何以排外，何以交邻，吾党何日醒。

八 东三省

辽东半岛风云紧，强俄未撤兵。呜呼东三省，第二波兰错铸成。哥萨克队肆蹂躏，户无鸡犬宁。日东三岛，顿起雄心，新愁旧恨并。舰队连樯进，黄金山外炮声声。俄败何喜，日胜何欣，吾党何日醒。

原载沈心工主编《学校唱歌集》，1904 年初版。选自汪毓和编著《中国近现代音乐史教学参考资料》，世界图书出版西安公司，2000 年，第 12～13 页。

王引才

王引才，字纳善。民国教育家。上海嘉定南翔人，前清廪生，历任南洋中学师范教员，上海教育会会长，上海工程局议董，上海市议会议员、副议长、议长等职。

扬子江（节选）

王引才 词

长长长，亚洲第一大江扬子江。源青海兮峡瞿塘，蜿蜒腾蛟蟒。滚滚下荆扬，千里一泻黄海黄。润我祖国，千秋万岁，历史之荣光。

呜呜呜，汽笛一声飞出黄歇浦。吴淞自辟新商埠，江门开一锁。炮台旧址无，江底空余活沙铺。西北转舵，回望三十六里烟模糊。

长长长，扬子长寿扬子寿无疆。人杰地灵相影响，幸福惟吾享。训练兼修养，转瞬十年国自强。黄河北向，珠江南望，兄弟莫相忘。

原载沈心工主编《学校唱歌集》，1904 年初版。原有歌词 13 段。歌词作者王引才是 1897～1900 年沈心工在上海南洋公学师范学堂读书时的同学，他是上海文明书局的创办人。辛亥革命后沈心工重编《学校唱歌集》，由文明书局出版。选自钱仁康著《学堂乐歌考源》，上海音乐出版社，2001 年 5 月，第 68 页。

石更

石更（生卒年不详），原名辛汉，字石更，词作家。早年留学日本帝国大学法科，曾与铃木米次郎学音乐。回国后编制学堂乐歌，1906年出版《唱歌教科书》，其中《中国男儿》广为传唱。

中国男儿

石更 词

中国男儿，中国男儿，要将只手撑天空。睡狮千年，睡狮千年，一夫振臂万夫雄。长江大河，亚洲之东。峨峨昆仑，翼翼长城。天府之国，取多用宏。黄帝之胄神明种。虎突狼攻，日暮途穷。眼前生路觅无从。中国男儿，中国男儿，如何奋勇向前冲！我有宝刀，慷慨从戎。击楫中流，泱泱大风。决胜疆场，气贯长虹。古今多少奇丈夫，黄尘碎首，燕然勒功。至今热血犹殷红！

作于 1906 年，最早见于 1906 年上海普及书局再版的由辛汉编写的《中学唱歌集》。选自晨枫主编《百年中国歌词博览》，安徽文艺出版社，2011 年，第 17～18 页。另，一说此歌词作者为杨度，如《中央日报》（贵阳），1938 年 12 月 23 日，第 4 版。周勇、任竞主编，王志民、袁佳红副主编《抗战大后方歌谣汇编》（重庆出版社，2011 年，第 127 页）采用杨度说。

国魂

石更 词，佚名 曲

自由之花已胎兮，沃之以铁血。自由之果已实兮，饮之以爱河。唯文明之潮流兮，助浪而推波。终优胜而劣败兮，黄种将如何？

国家而为肉体兮，以爱为精神。国家而为躯壳兮，以爱为灵魂。嗟精神之疲萧兮，肉体何以存。唯灵魂之不朽兮，躯壳其永生。

唯黄帝之在天兮，鉴兹其在兹。唯神明之苗裔兮，威灵为其未替。执干戈卫社稷兮，以身为牺牲。扬国光于海内兮，吾民其熙熙。

彼日本之大和兮，震耀于西东。况孔教之大同兮，千古之儒宗。招国魂其来归兮，奋发以为雄。嗟吾民其速起兮，前途靡有穷。

原载于辛汉编著《唱歌教科书》，上海普及书局，1906 年版。选自毛翰编著《辛亥革命踏歌行——1900 ~ 1916 中国歌曲选》，安徽文艺出版社，2011 年，第 47 页。

古战场

石更 词，佚名 曲

黄沙漠漠飞鹰疾，古树残云断人迹。刁斗声沉，旌旗影减，剩一角寒山映碧。春花不发春草青，路人犹道旧将军。将军杀贼壮且烈，至今胡虏音尘绝。

原载于辛汉编著的《唱歌教科书》，上海普及书局，1906 年。选自毛翰编著《辛亥革命踏歌行——1900 ~ 1916 中国歌曲选》，安徽文艺出版社，2011 年，第 49 页。

轻气球

石更 词

科学思想日精研，气球白日能升天。仰观日月双镜悬，照我须眉妍。俯视地球形椭圆，世人扰扰若蚁旋。袖底清风足底云烟，气象列万千。

选自辛汉编著《中学唱歌集》，上海普及书局，1906 年，第 8 页。

壮士

石更 词

壮士有志在四方，俯仰七尺何昂藏。腰中宝剑黯如水，微血常腥氋元黄。扰攘群龙斗，亚洲大陆新战场。何不一出扫机枪，为我祖国光。大风起兮，龙旗飘扬，国民奋飞吾其强。

选自辛汉编著《中学唱歌集》，上海普及书局，1906 年，第 12 页。

师恩

石更 词

依依少年时，不知勤学知游嬉。谁为我提携？顾我育我，父兮母兮。教我诲我，惟我恩师。天长地久，恩无尽期。

成童舞勺年，谁识英雄与圣贤。觉我谁为先？桃李花开，春风满前。循循善诱，惟我恩师。天长地久，此恩绵绵。

选自辛汉编著《中学唱歌集》，上海普及书局，1906 年，第 26 页。

春燕

石更 词

细雨斜风着意催，双双燕子几时回。望江南草长莺飞，深红浅绿桃花水，乌衣巷口立斜晖。去年今日频回首，试问王孙归未？王孙归未？

山河故国未全非，杨柳如丝罥画梁。是清明处处春寒，主人卷幔频相望，绸缪牖户休惆怅。雀巢仔细凭鸠占，都道不如归去，不如归去。

选自辛汉编著《中学唱歌集》，上海普及书局，1906 年，第 32 页。

芳草

石更 词

天涯何处无芳草，九十春光容易老。陌头昨夜东风归，千枝万叶都芳菲。蜜蜂蝴蝶频回绕，更有蜻蜓相随飞。

天涯何处无芳草，九十春光容易老。少年立志须及时，青春恰似好花枝。明日春归花寂寞，昨日少年今白头。

选自辛汉编著《中学唱歌集》，上海普及书局，1906 年，第 34 页。

归舟

石更 词

巨浸浮轻舟，片帆衔日脚。好风莫吹海上波，海上波涛恶。好风莫吹游子衣，游子衣裳薄。闾门有母望归来，细数梅花落。

选自辛汉编著《中学唱歌集》，上海普及书局，1906 年，第 40 页。

塞外曲

石更 词

关山八九月，明月照寒沙。陇头鸣咽水，塞外怨琵琶。壮士死绝域，男儿不恋家。古来英雄血，常洒战场花。

选自辛汉编著《中学唱歌集》，上海普及书局，1906 年，第 44 页。

荆轲

石更 词

壮哉荆轲，千金一诺。意气干云，士为知己。登车就道，提剑入秦。群英相送，渐离击筑，宋意高歌。壮士一去，萧萧易水，悲风孔多。伟哉燕丹，百年养士，甘为国殇。慷慨献身，昂藏七尺，社稷存亡。惜乎匕首，一击不中，竟失秦土。壮士不还，萧萧易水，千载波寒。

选自辛汉编著《中学唱歌集》，上海普及书局，1906 年，第 46 页。

岳武穆庙

石更 词

明月凄凉西子湖，一片忠臣骨。白铁铸奸随道傍，难瞑英雄目。南宋朝廷凭妇孺，莫须有枉无辜。江山从此竟邱墟，风波亭闻鬼哭。

金戈铁马归何处，夜夜悲风雨。墓草青青黄土香，杜宇声如诉。强胡未灭身先殂，叹功名尘与土。至今遗恨成千古，问苍天呼负负。

选自辛汉编著《中学唱歌集》，上海普及书局，1906年，第48页。

隋堤柳

石更 词

隋堤柳，年深尽衰朽。雨雨风风，攀折谁人手。忆南朝天子，种树成行。
要长条翠缕，点缀春光。淮水碧，黄河黄，一千三百里，绿荫旖旎。叶
如烟絮如雪，要把垂丝，系在龙舟。

隋堤柳，今日何萧条。三株两株，零落汴河桥。看烟濛月暗，长堤如故，
问夕阳古道，隋宫何处。走萤火，栖暮鸦，任楼台罨画，过眼豪华。亡
国恨徒咨嗟，趁几株杨柳，好鉴前车。

选自辛汉编著《中学唱歌集》，上海普及书局，1906年，第50页。据日本、乐歌《近江八
景》填词。

明故宫

石更 词

莽莽中原，峨峨故宫，倚钟山临淮水。雉堞犹存，江山如旧，故国衣冠
何处。明月啼鹃，斜阳衰草空零落，秋风里。

北地一烽烟，渔阳鼙鼓，叹阿房成焦土。隋苑垂杨，吴宫花草，阅尽沧
桑几许，殿上鹧鸪，道傍禾黍亡国恨，空千古。

选自辛汉编著《中学唱歌集》，上海普及书局，1906年，第52页。

战场月

石更 词

暮秋九月雁声急，塞上胡儿夜吹笛。笛声断续雁声悲，壮士闻之双泪垂。

古来战骨埋青草，将军杀贼今未还。只有陇头一片月，今年空照古战场。

选自辛汉编著《中学唱歌集》，上海普及书局，1906 年，第 56 页。

菊

石更 词

西风篱落斜阳里，几枝点缀黄金地。不随芳草斗凄迷，凝愁挹露含秋意。
月上栏杆影拂苔，瘦枝傲骨自徘徊。有如幽兰在空谷，孤芳独赏无俦侪。
又如寒梅临浅水，亭亭玉立绝尘埃。浊世不逢陶靖节，此花皎洁为谁开？

选自辛汉编著《中学唱歌集》，上海普及书局，1906 年，第 60 页。

独立

石更 词

立苍茫而四顾兮，月黯风凄。时翘首而徘徊兮，雀噪鹃啼。叹睡狮千年
兮，沉沉东海头。任异族侵凌兮，王孙泣路陬。嘻时世英雄兮，宝刀执
在手，龙光射牛斗。

选自辛汉编著《中学唱歌集》，上海普及书局，1906 年，第 60 页。

权国垣

权国垣，生平不详，曾留学日本，为两湖总师范学堂音乐教习，参与编选《教育唱歌》
（1905 年）。

海战

权国垣 词，英国民歌《苏格兰蓝铃花》曲调

烟雾深重重，响澎湃，波浪排长空，战舰坚且雄，一只只排列阵图工。炮
声隆隆威严震天地，声势惊鱼龙。杀劲敌，冲前锋，准备得破浪乘长风。

士兵气如虹，进战鼓，阵阵响咚咚。我国旗光彩，乘顺风飘舞在空中。一霎时间战舰尽沉没，雄狮奏肤功。海防固，军备充，祝我国雄飞大陆东。

作于1904年。初见于黄子绳、汪翔、苏钟正、权国垣编《教育唱歌》上编，湖北学务处印行（日本印刷），1905年7月。选自毛翰编著《辛亥革命踏歌行——1900～1916中国歌曲选》，安徽文艺出版社，2011年，第37页。

长城

权国垣 词，基督教《齐来崇拜歌》曲调

放眼朝北望，烟云一片接苍茫。长长长，雉堞累累横贯衡岳中央。

壮哉秦始皇，功业之大谁与京？东起辽东西嘉峪，大张北陆屏障。獯鬻旧族骄且狂，竟征诛，易揖让。

壮哉秦始皇，史册千载发幽光。于今民气更强，志昂昂万夫莫当。拱卫我神州坦荡，能更比长城长。

作于1904年，此歌初见于黄子绳、汪翔、苏钟正、权国垣编《教育唱歌》下编，湖北学务处印行（日本印刷），1905年7月。后收入冯梁编《军国民教育唱歌集》。选自毛翰编著《辛亥革命踏歌行——1900～1916中国歌曲选》，安徽文艺出版社，2011年，第38页。

从军乐

权国垣 词，沈心工 曲

手执干戈愿从戎，决胜冲前锋，从军之乐乐无穷，朝廷重战功。海禁宏开万国通，祸机深重重，存吾家国保吾种，端在军队中。

选自陈一萍编《先行者之歌——辛亥革命时期歌曲200首》，武汉大学出版社，2009年，第31页。

亚洲

权国垣 词，佚名 曲

五大洲，称膏腴，惟我亚细亚！乌拉山，地中海，西界欧罗巴。太平洋通北美，可以一航驾，西南端，隔江海，即阿非利加。

我中国，处亚洲，自古称华夏。数万里，二万万，列强莫或加。分直省与外藩，治理无宽假，气候和，百物丰，富庶全球夸。

初见于《中小学唱歌教科书》，1913 年初版。选自陈一萍编《先行者之歌——辛亥革命时期歌曲 200 首》，武汉大学出版社，2009 年，第 6 页。

保三

侯鸿鉴（1872～1961），字葆三（保三），号梦狮，晚年自称病骥老人、汗漫生等，江苏无锡人，教育家、藏书家。1902 年留学日本，入弘文学院师范科。归国后，1905 年出资创办私立竞志女学，这是无锡历史上最早的女子学校，1912 年正式命名为无锡私立竞志女子师范学校，与上海务本、爱国和苏州振华等女校齐名，为我国近代创办最早的有影响的女校之一。民国时期，曾任上海致用大学校长。他终生从事教育实践和著述，曾先后在多个省份从事教育、文化和图书管理工作，推广当时国外先进的教学思想，为江苏省乃至全国近代教育事业做出了巨大贡献，在当时教育界产生了相当大的影响。

抵制美约歌

保三 词，佚名 曲

华工海外远驱驰，法律受人治。秋风木屋审判迟，禁例苛且奇。禁工兼禁游历之士夫，更及商与吏，今适遇改约之期，谋抵制在此时。

国民共谋抵制计，刚柔宜相济，用刚不如用柔利。海上首开议，不买卖美货众谋佥命同。风声遍内地，纵有政府干涉来，幸吾民坚持到底。

吾华国民同声应，美货销售停。南洋汽车机不行，电信阻海程。夫役不起货物不装卸，商旗徒纷更，改约之期在须臾，约不废鸣不平。

作于 1905 年。选自毛翰编著《辛亥革命踏歌行 1900-1916 中国歌曲选》，安徽文艺出版社，2011 年，第 44 页。

运动歌

侯保三 词，英美儿童歌曲曲调

晚风起兮夕影遥，大家拍手竞相招。夺旗赛步替换跑，踢球跳远且跳高。拉绳角力兴致豪，此境此乐让吾曹。

选自《单音第一唱歌集》，1906 年。

杨度

杨度（1874 ~ 1931），原名承瓒，字皙子，后改名度，别号虎公、虎禅，又号虎禅师、虎头陀、释虎，湖南省湘潭县人。能文章，有辩才，精通各国宪政，清末反对礼教派的主要人物之一。1904 年，中国拍摄了第一部由京剧名家谭鑫培主演的《定军山》，而 35 岁的沈心工给杨度的这首长短句《黄河》谱曲，是早期结合西方的作曲方法创作的歌曲之一，这个时期的词基本上属于文言诗词，直到 1919 年五四新文化运动爆发后白话文歌词才逐渐为人们熟悉。

黄河

杨度 词，沈心工 曲

黄河，黄河，出自昆仑山。远从蒙古地，流入长城关。古来圣贤，生此河干。独立堤上，心思旷然。

长城外，河套边，黄沙白草无人烟。思得十万兵，长驱西北边。饮酒乌梁海，策马乌拉山，誓不战胜终不还。君作铙吹，观我凯旋。

作于 1904 年，见载于《心工唱歌集》。选自曾志忞编《教育唱歌集》（订正四版），1905 年，第 59 页。又见：石叟，刘慧勇选编《中华民国诗千首》，海南出版社，2013 年，第 189 页。

金一

金一，即金天羽（1874～1947），初名懋基，又名天翮，字松岑，号鹤望，别署有麒麟、爱自由者、金一等，吴江人。光绪二十四年（1898）荐试经济特科，以祖老辞。其诗文词并工，自称其诗"有律令，不趁韵，不咏物"。且能为小说，小说《孽海花》前十回即其所作。著有《孤根集》《天放楼诗集》《天放楼文言》《元史纪事本末补》《鹤舫中年政论》《红鹤词》等。

娘子军

金一 词，佚名 曲

女娲炼石补天亏，娘子军从天上来。世界上军人社会，战场上女儿花开。我不愿厕身红十会，愿奋身杀贼心快。桃花马上请得长缨在，坐听着凯歌回。

原载于《女子世界》，1905 年第 4 期。选自毛翰编著《辛亥革命踏歌行 1900～1916 中国歌曲选》，安徽文艺出版社，2011 年，第 34 页。

大风歌

金一 词，苏格兰民歌曲调

大风起兮云飞扬，望美人兮天一方。鼍腥龙血玄以黄，三时大笑开电光。丈夫垂名动万年，不知何处是他乡。千金一笑买春光，醉入东海骑长鲸。

大风起兮云飞扬，民族主义新膨胀。群雄逐鹿何扰攘，誓将铁血洗橇枪。男儿发愿作国殇，宁肯恋恋桑梓邦？左黄钺兮右白旄，歼彼丑虏耀国光。

原载金一编《新中国唱歌二集》，1906 年版。选自陈一萍编《先行者之歌——辛亥革命时期歌曲 200 首》，武汉大学出版社，2009 年，第 43 页。

女青年

金一 词，苏格兰民歌曲调

我姊妹们前来听，我姊妹们前来听。落花惨淡柳色新，白骨青山多哭声。

阿谁肯把乾坤整，男儿不任女儿任。现出观音菩萨身，普度众生愿无尽。

原载金一编《新中国唱歌二集》，1906 年版。选自毛翰编著《辛亥革命踏歌行——1900 ~ 1916 中国歌曲选》，安徽文艺出版社，2011 年，第 68 页。

汪翔

汪翔（1879 ~ ?），一名兆升，字祥云，号凤池，晚年信佛，故亦称奉持，汉阳县柏泉人。由汉阳府学生员官派留学日本，早稻田大学政治经济科毕业。回国考授七品京官，由东三省总督锡良奏调奉天，任提学使司科长、北洋译学馆提调。学识渊博，文笔生动洗练。民国十七（1928）年，主修《夏口汪氏宗谱》，所传人物栩栩如生，留下许多珍贵资料。

劝工场

汪翔 词，佚名 曲

劝工场，劝工场，工业振兴国富强。富强之道非一端，工为万事之滥觞。
天然富利数农桑，工业未修器不良。立公司，重通商，工业不盛无输将。
考工记，周官详，文公惠工兴卫邦。迩来科学更炽昌，新理推究判低昂。
劳力愈减产愈旺，战争移向工业场。英德法，最扩张，美洲尤属强中强。
祝我国工业良，早登世界竞争场。

原载黄子绳等编《教育唱歌》下编，湖北学务处印行（日本印刷），1905 年 7 月。选自陈一萍编《先行者之歌——辛亥革命时期歌曲 200 首》，武汉大学出版社，2009 年，第 134 ~ 135 页。

铁道

汪翔 词，英国歌曲曲调

火轮车，真个便，如今世界大改变。去如游龙，来如闪电，转眼千里不相见。
汽笛一声啵啵啵，满天烟雾侧身过。火车之利利如何，我生此时真快乐。

卢沟桥，汉口岸，消息流通流不断，快马如飞，轻舟似叶。哪及火轮一寸铁？祝我帝国好好好，祝我铁路早早早。一时勤劳百世安，从今不歌行路难。

原载黄子绳等编《教育唱歌》下编，湖北学务处印行，1905 年。选自陈一萍编《先行者之歌——辛亥革命时期歌曲 200 首》，武汉大学出版社，2009 年，第 137 ~ 138 页。

新闻报

汪翔 词，佚名 曲

新闻报，一张纸，海内寄耳目，见闻实赖此。新闻事，报不已，交通利益诚无比。朝野上下是与非，或褒或贬严如史。新闻报，上街卖，清晨早早起，先睹实为快。新闻报，奇且怪，言者无罪闻者戒。

新闻报，报新闻，中外广搜罗，天下皆同文。新闻报，日日新，学界愈进报愈增。据事直书公且信，文言雅可道俗情。新闻报，一纸刊，国民公议论，报纸极大观。新闻报，快快看，胜读野史与稗官。

原载黄子绳等编《教育唱歌》下编，湖北学务处印行，1905 年。选自陈一萍编《先行者之歌——辛亥革命时期歌曲 200 首》，武汉大学出版社，2009 年，第 98 页。

祝我国

汪翔 词，〔意〕贝利尼 曲

五大洲，强权强，祝我国，炽而昌，跃登二十世纪大舞场。周逐严允戎，北至太原疆。汉唐制匈奴，威震西域方。四千年历史流荣芳，无量数英雄资保障。况今民族主义新膨胀，文明鲜花愈发皇。祝我国，巩金汤，陆军海军盛且强。驾欧美，雄东洋，国旗荡漾五色光，祝民国万岁永无疆！

原载黄子绳等编《教育唱歌》下编，湖北学务处印行（日本印刷），1905 年 7 月。后收入冯梁编《军国民教育唱歌集》，1913 年。选自毛翰编著《辛亥革命踏歌行——1900 ~ 1916 中国歌曲选》，安徽文艺出版社，2011 年，第 43 页。

佚名

勉学歌

佚名 词曲

一从蛮族来称王，汉家运命太堪伤。良湾良港一齐亡，辽东今日又做战场。可是我中华土壤，任人宰割让人强。

洋人势力满天红，汉人都是可怜虫。通商传教闹哄哄，人心国帑一齐空。劝你们热烈轰轰，夺还自主有威风。

原载《女子世界》第 13 期，1905 年 6 月。

黄子绳

黄子绳，生卒不详，学堂乐歌的重要代表人物，编有《乐典教科书》《教育唱歌》等。

大风渡江

黄子绳 词，德国民歌《离别爱人》曲

大风起兮云飞扬，天地色苍黄。沙飞石走看模糊，洪波怒涛相激荡。大船小船齐系缆，吾独一苇航。

男儿立志要宏壮，风波莫沮丧。快乘长风来破浪，挽此既倒浊之狂。古来英雄立事业，险阻均备尝。

此歌初见于黄子绳、汪翔、苏钟正、权国垣编《教育唱歌》上编，湖北学务处印行，1905 年。选自陈一萍编《先行者之歌——辛亥革命时期歌曲 200 首》，武汉大学出版社，2009 年，第 162～163 页。

劝勉少年

黄子绳 词曲

春去春来春不少，悠悠忽忽人已老。时乎时乎不再来，青青少年快赶早。
早早早莫恃聪明，早早早莫恃年小。不见老大无闻者，也有那少年了了。
戒之戒之戏无益，要学古人分阴惜，勉之勉之齐努力。

选自陈一萍编《先行者之歌——辛亥革命时期歌曲 200 首》，武汉大学出版社，2009 年，
第 105 页。

苏钟正

苏钟正，生卒不详，曾赴日留学学习音乐，任湖北省两湖总师范学堂音乐教习，曾与
黄子绳、汪翔等合编《教育唱歌》。

耕织

苏钟正 词，佚名 曲

耕兮耕兮耕复耕，人人先谋生。一饮一食能自力，方可竞生存。我愿人
人尽知耕，土化大发明。更愿人人尽知耕，朝文是饔飧。

耕兮耕兮耕复耕，万物从此生。十日一雨五日风，禾黍欣向荣。秋收冬
藏齐报赛，百谷庆丰盈。不见古人早披星，夜归带月明。

最初发表于汪翔、权国垣等编《教育唱歌》下册，湖北学务处印行，1905 年。选自陈
一萍编《先行者之歌——辛亥革命时期歌曲 200 首》，武汉大学出版社，2009 年，第
133 ~ 134 页。

落花

佚名 词 / 曲

花落时，花落时，千红万紫，浸一池。先有花，后有实，方不愧为好花枝。后生可畏亦如斯，秀而不实最可嗤！

初刊于沈心工编《学校唱歌》初集，1904 年。选自陈一萍编《先行者之歌——辛亥革命时期歌曲 200 首》，武汉大学出版社，2009 年，第 121 页。

明是非　辨曲直

佚名 词 / 曲

无论遇着什么事，莫忘正义与公道。黑白混淆是非颠倒，社会世界一团糟。讲情面重利禄，假作痴聋尤可笑。明辨是非和曲直，一切罪恶都消了。

曾印行于湖北省特种教育处编《复兴民族歌曲选》。选自陈一萍编《先行者之歌——辛亥革命时期歌曲 200 首》，武汉大学出版社，2009 年，第 116 页。

佚名

军国民

佚名 词，〔英〕彭斯 曲

文臣爱钱武惜死，封疆便多事。尚武莫若斯巴达，国民宜效法。马革裹尸真大幸，翻忧髀肉生。匈奴未灭何为家？牺牲报我华。

原载叶中冷编《小学唱歌》二集，上海商务印书馆，1906 年。

佚名

辟占验

佚名 词曲

不问苍生问鬼神，咄咄怪事奇闻。一命并二运，八字六壬，造化小儿多弄人。姑妄言之，姑妄听之，紧要关头便不灵。说恁富贵功名，寿夭与死生，瞽哉瞽哉，孰破社会之迷信。

原载叶中冷编《小学唱歌》二集，上海商务印书馆，1906 年。选自毛翰编著《辛亥革命踏歌行——1900 ~ 1916 中国歌曲选》，安徽文艺出版社，2011 年，第 62 页。

沈祖藩

沈祖藩（1875 ~ 1918），字伯伟，江苏无锡人。辑录有《圣宋九僧诗》，上海医学书局，1917 年印行。

阅报

沈祖藩 词，〔日〕奥好义 曲

读书稽古，阅报知今，二者须平行。中外事合载，政界学界最分明。附列商工实业界，调查尤澄清。开通社会，灌输新智，舍报孰唤醒？

原载于无锡城南公学堂编著的《学校唱歌集》，上海文明书局，1906 年。选自毛翰编著《辛亥革命踏歌行——1900～1916 中国歌曲选》，安徽文艺出版社，2011 年，第 79 页。

地理

沈祖藩 词，佚名 曲

磊落我亚洲，外族侵凌讵甘休。英法日俄势力扩，寸土要搜罗。愿吾侪普通地理，人人都研究。保国在自由，把玩舆图壮山河。

地学探要领，经纬五带辨分明。皇皇帝国十万里，不许欧美横。愿吾侪水陆形势，区画先经营。民族兼物产，博览群书细细评。

原载无锡城南公学堂编著《学校唱歌集》，上海文明书局，1906 年。今选自毛翰编著《辛亥革命踏歌行——1900～1916 中国歌曲选》，安徽文艺出版社，2011 年，第 76 页。

佚名

国脉

佚名 词，〔日〕小山作之助 曲

我中华立国命脉，第一在自强。我能自强，邻邦款洽，自可来输将。假途灭虢，与国兵力，何可一日恃？开门揖盗，边城武备，何可一日荒？怎么公法？枪林弹雨便是我公法！怎么友邦？势均力敌便是我友邦！我中华立国命脉，第一在自强。我能自强，邻邦款洽，自可来输将。困兽犹斗，绝人太甚，国如孤注殆。蛇心叵测，倚人太过，国以无备亡。富如李后主，金陵降表何悲凉！

此歌最初见于赵铭传编著《东亚唱歌》，上海时中书局，1907 年。今选自毛翰编著《辛亥革命踏歌行——1900～1916 中国歌曲选》，安徽文艺出版社，2011 年，第 87 页。

足乐

佚名 词，《梳妆台》曲

正月里春色到江边，好一班有志的放足女青年。每日间约定了，几个同窗友。手挽手大踏步，走到学堂前，走到学堂前。

黄昏后落日鲜，一队队下课依旧把家旋。看他们来和往，身体多自在。岂似那薄命人，苦苦地裹金莲，苦苦裹金莲。

原载于 1908 年 11 月出版的《灿花集》第 1 期。

旅行

佚名 词曲

男儿志四方，振衣奋发在自强。出门一笑去，哪怕远涉东西洋。闻鸡起舞旅店中，策马先登名山上。不为衣锦荣，何必归故乡。

选自沈庆鸿编撰《民国歌唱集》（第一编），商务印书馆，1913 年，第 24 页。

敌公

哀祖国

敌公 词，佚名 曲

蛮夷猾夏祸滔天，庄严土，血痕鲜，亡国已多年。叹末路，汉族谁为怜？诛屠未遑剃发令又传。屡兴大狱，死灰恐复燃。人生到此苦难言，河山被占更夺自由权。

仲院回首几沧桑，神明胄，太凄凉，引颈喂豺狼。惠州败，天日暗无光，汉家厄运后顾正茫茫。大索党人，罗网重重张。诸君何事作虎伥，曷不大家恢复旧封疆？

原载《神州女报》第 1 号，1907 年 12 月。选自毛翰编著《辛亥革命踏歌行——1900～1916 中国歌曲选》，安徽文艺出版社，2011 年，第 97 页。

吴怀疚

吴怀疚，上海开明绅士。他曾在上海创办中国近代史上第一所由中国人创办的女校——务本女塾，认为"女子为国民之母，欲陶冶健全国民，根本须提倡女教。"故为女塾取名"务本"。学校以"温诚勤朴"四字为校训，开创了中国妇女解放运动的先河。学校设有唱歌课，聘请日本人河原操子为音乐教习。

秋之歌

吴怀疚 词

暑气兮渐消，云淡青天高。课余无所事，闲步且逍遥。看银河斜挂，白光聚处众星小。

明光烂如许，人生难得是良宵。谁攀月中桂，桂子天香云外飘。谁闻云中语，大富大贵大寿考。问于何处琼楼玉宇，何处神仙到。求福求名终徒劳，还是读书好。

暑气兮渐消，云淡青天高。课余无所事，闲步且逍遥。看银河斜挂，白光聚处众星小。明光烂如许，人生难得是今宵。谁谓嫦娥少，千年万年人不老。谁谓天孙巧，一年一度鹊为桥？问于何处琼楼玉宇，何处神仙到。穿针拜月总徒劳，还是读书好。

选自晨枫主编《百年中国歌词博览》，安徽文艺出版社，2011年，第5～6页。

勉学

吴怀疚 词

黑奴红种相继尽，惟我黄人鼾未醒。亚东大陆将沉没，一曲歌成君且听。人生为学须及时，艳李秾桃百日姿。莫遣韶光等闲老，老大年华徒自悲。近追日本远欧美，世界文明次第开。少年努力咸自爱，时乎时乎不再来。

曲调选自美国歌曲《罗萨·李》。选自庄俞等编《中国近现代教育资料汇编1900-1911第52册》，北京海豚出版社，2015年，第299-300页。

王德昌

王德昌，生卒不详，曾参与编写《中华唱歌集》。

飞艇

王德昌 词，民间小曲《鲜花调》曲调

飞艇身如鸟翼轻，孤飞万里绝风尘。万头攒动人声沸，初看如鸟复如星。中国男儿大有人，起与列强相抗衡，不怕空中大战争。

选自陈一萍编《先行者之歌——辛亥革命时期歌曲200首》，武汉大学出版社，2009年，第138页。

张纯一

张纯一（1871 ~ 1955），字仲如，法号觉义、证理，湖北省汉阳县兴隆乡人。早年曾中清末秀才，1904 年在武昌圣公会主办的文华书院教授国文，1909 年，在上海广学会编纂《大同报》，1920 年起，在燕京大学、南开大学等校任教。对先秦诸子、佛教、基督教均有较深研究。

文华学生军军歌

张纯一 词，余日章 曲

愿同胞，团结个。英雄气，唱军歌。一腔热血儿，意绪多。怎能够坐把国事蹉跎，准备指日挥戈，好收拾旧山河！从军乐，乐如何，从军乐，乐如何。怎能够坐把国事蹉跎，准备指日挥戈，好收拾旧山河！

对天演，烈风潮。争优胜，武士道。竞上舞台高，精神好。为国民重新铸个头脑。挣得神州天晓，纪念碑立云表！操操操，休草草，操操操，休草草。为国民重新铸个头脑。挣得神州天晓，纪念碑立云表！

齐昂昂，整顿了，好身手，讲兵韬。任它千钧担，一肩挑。新世界能够造得坚牢，便是绝代人豪，浩然气薄云霄！声价儿，比天高，声价儿，比天高。新世界能够造得坚牢，便是绝代人豪，浩然气薄云霄！

文华书院 1871 年创办于武昌。此选自何卓恩编《殷子衡、张纯一合集》，华中师范大学出版社，2011 年，第 93 ~ 95 页。

陈超立

从军

陈超立 词，〔日〕奥好义 曲

从军从军，从军入伍，莫染旧时污。国家一体视文武，多士勤爱护。工炮马步不同科，讲习分功课。要耐操阵演战苦，练成劲旅壮皇图。

从军从军，从军赶早，要赶人年少。年少男儿胆气高，身子犹灵巧。搴旗斩将逼英豪，阵前功首报。莫把年华虚度了，急投军队学兵操。

从军从军，从军得意，鼓我英雄气。桑弧蓬矢挂门时，早立男儿志。今见风大纛旗，角力呈材艺。碧草平铺战马肥，青衿不着着戎衣。

从军从军，从军雄壮，灿灿好戎装。刀枪森列光芒朗，直射斗牛旁。硝烟弹雨交来往，决战阵云荡。袍上血腥勇莫当，拔刀裂帛裹金疮。

从军从军，从军发愤，疆界怯瓜分。偿金割土无穷尽，任意肆鲸吞。欺我俗为八股文，兵学无人问。要使中华固国本，同招志士入三军。

原载叶中泠编《小学唱歌》初集，上海印书馆，1906年。选自毛翰编著《辛亥革命踏歌行——1900～1916中国歌曲选》，安徽文艺出版社，2011年，第55页。

华龙

欧美二杰

华龙 词，佚名 曲

华盛顿，华盛顿，北美国旗振。为同胞请命，八年血战终戡定。自由建国世界新，功成身退隐。总统入京城，血花遍洒马蹄痕。至今铜碑高耸，犹在佛尔能。

马志尼，马志尼，肝胆谁能比？少年意大利，建设国旗仗民义。谁为伊蛮细，委蛇外族终何济。谁为加尔富，侧身政府无生气。看我赤手空拳，将人权扶起。

原载叶中泠编《小学唱歌》初集，上海商务印书馆，1906年。选自沈庆鸿编纂，胡群复校订《民国唱歌集》，商务印书馆，1913年，第6～7页。

云南男儿

伯林 词　李剑虹 曲

勉哉勉哉男儿，云南男儿，汽笛一声金碧变色，大好山河谁是主？倒挽狂澜，中流砥柱，好男儿，磨砺以须，兴亡责，共相负。

勉哉勉哉男儿，云南男儿，欧风美雨剧烈争竞，民乏学术何以兴？兵农工贾，力求日新，好男儿，振发奋厉，驾欧美，轶东瀛。

原载《云南》杂志，1907年第6号。

冯梁

冯梁，字小舟，广东鹤山人，秀才，曾留学日本，就读于东京弘文学院师范科（沈心工也曾在该院就读），归国后坚持学堂乐歌教学活动。编有《新编唱歌教科书》《国民教育唱歌集》等。

出征军人

冯梁、黄子绳 词，美国歌曲 曲调

嗟出征军人，为民国保全苍生。嗟出征军人，苦矣哉风尘。冒雨雾，途泥泞，雪夜中也在行军。宿塞外寝草茵，睡眼未曾瞑。隆隆炮声起，此身性命何存？茫茫芳草里，白骨满边庭。

《出征军人》原系黄子绳作的词《出征》，载于1905年出版的《教育唱歌》下集，后由冯梁对其歌词稍加改动，并改歌名为《出征军人》，收入他所编的《军国民教育唱歌初集》。选自陈一萍编《先行者之歌——辛亥革命时期歌曲200首》，武汉大学出版社，2009年，第35页。

今从军

冯小舟 词, 〔日〕奥山朝恭 曲

白人恃力纷相斫，欧风美雨恶。将吾黄族虐，釜上嬉游牢里歌。任鼾卧榻持太阿，年年战祸多。募兵仓促，筹款张罗，民生愁里过。侥幸联和约，中央政府乐婆娑。悲伤禾黍，泪滴铜驼，军人当若何？

外人遗我断肠草，国民珍若宝。换吾好丝茶，縻尽金钱吸尽膏。刃颈无血不用刀，田庐暗胡遭。沦奴国惨，变鬼家号。愁深一火熬，杀我仇难报。说什胸藏虎龙韬，能除痼疾，才算英豪，军人格最高。

天阴鬼哭声模糊，诗人着意摹。常闻从军苦，不道男儿胆气粗。头颅拼得才丈夫，从军乐有余。倚闾父母，拥军妻奴，都将大义助。吾国今崇武，被擒谁肯作囚俘！死当裹革，生勿沦奴，军人当自图。

兵民两两相依傍，身家险待防。谁知嗟失望，恋赌吸烟及宿娼。青年精力日以亡，差言为国殇。闻风却走，不战生降，何颜见故乡？空负躯儿壮，无名虽老死帏房。服兵义务，杀敌疆场，军人须自强。

选自毛翰编著《辛亥革命踏歌行——1900～1916 中国歌曲选》，安徽文艺出版社，2011 年，第 153 页。

从军乐

冯梁 词

春风十里杏花香，同胞将士何昂藏。雄冠剑佩耀云日，父老拭目瞻清光。劝君请缨宜及早，人生唯有从军好。从军之乐乐如何，细柳营中传捷报。

兵卫森严明朝曦，炎晖照耀如军威。今朝大内颁瓜果，昨夜将军汉马归。泰西各国皆尚武，只因素稔从军趣，从军之乐乐无穷，欢然游泳江海中。

昨日阶前叶有声，今朝远望秋气平。对此马肥人亦健，男儿自古誓长征。宝刀宝马千金买，豪情足称从军者，从军之乐乐陶陶，闻鸡起舞霜天高。

选自刘佳声编著《二十世纪中国歌曲史编（1900～1949）》上册，内蒙古少年儿童出版社，2000年，第22页。

决战赴死

冯梁 词，〔日〕纳所弁次郎 曲

我有宝刀真利市，快活沙场死。短衣匹马出都门，喇叭铜鼓声。战地临大敌，战袍滴滴仇人血。大好男儿有荣名，头颅一掷轻。

阿娘牵衣向儿女，吾今不恋汝。爱妻结发劝夫行，慷慨送一程。斩杀敌将军，战死荣名出人上。军不凯旋归，何颜偷生耍几年。

军歌一曲酒一杯，祀我战死鬼。公园铜像巍巍尊，指点军人魂。人山人海中，御林孤儿真英雄。英雄如此军速去，去去休回颜。

原载于冯梁编《新编唱歌教科书》，广州树德堂刻印，1913年。选自陈一萍编《先行者之歌——辛亥革命时期歌曲200首》，武汉大学出版社，2009年，第39～40页。

尚武之精神

冯梁 词，〔英〕福西特 曲

黑黑铁耶，赤赤血耶，发扬我民族价值耶。我辈好男儿，我辈好男儿，浩气万丈冲霄汉。喇叭宏宏，战鼓蓬蓬，直探虎穴奏奇功。

原载于冯梁编《军国民教育唱歌初集》，1913年由广州音乐教育社出版发行。选自陈一萍编《先行者之歌——辛亥革命时期歌曲200首》，武汉大学出版社，2009年，第33～34页。

义勇队

冯梁 词，〔德〕瓦格纳 曲

手执干戈，卫我山河，莫蹉跎天时地利，恃人和。奋迹钓蓑，崛起岩阿，
慷慨悲歌，之死矢靡他。枪林弹雨任尔过，前蹶后起奈我何！为定远，
为伏波，大好男儿齐声唱爱国歌。

选载于冯梁编《军国民教育唱歌初集》，1913 年出版。选自陈一萍编《先行者之歌——辛
亥革命时期歌曲 200 首》，武汉大学出版社，2009 年，第 53 页。

唯我同胞

冯梁 词，英国民歌曲调

谁入深山杀虎豹？唯我同胞。谁超大海探珍宝？唯我同胞。冒险冒险险
自保，同胞此志不可抛。志不可抛更要高，唯我同胞！

功名富贵不可恋，慎哉少年。礼义廉耻万事先，慎哉少年。圣贤圣贤口
头禅，徒托空言事不前。血要热心更要坚，慎哉少年！

国家兴衰岂有命，全仗国民。世界文野岂有凭？全仗国民。立国根本在
教育，患无教育不患贫，立国立身先立品，全仗国民。

选自《军国民教育唱歌初集》，1913 年出版。

中华国土

冯小舟 词，〔日〕纳所弁次郎 曲

大地浑如球，劈分五大洲，中华民国镇亚洲。满蒙处北陲，回藏介西隅，
东西环海形势优。南北七千里，东西八千余，物产饶富人烟稠。哪怕欧
非美，哪怕海洋洲，中华国土冠全球。

原刊华航琛编《新教育唱歌集》，1914 年。选自毛翰编著《辛亥革命踏歌行——1900～
1916 中国歌曲选》，安徽文艺出版社，2011 年，第 180 页。

刘质平

刘质平（1894～1978），原名刘毅，字季武，浙江海宁盐官人，中国现代著名音乐教育家。民国初年，就读于浙江第一师范学校，受教师李叔同赏识，着意培养，并资助他东渡日本，入东京音乐学校深造。积极倡导、参与兴办艺术学校，而且身体力行地在十几所学校里兼任音乐课，亲自进行音乐教育活动，培育出了大量的、对后世乃至现在有用的音乐人才。

中华

刘质平 词曲

中华中华我中华，五大民族合一家。昆仑山上常积雪，蒙古荒漠飞黄沙。长江曲折泻千里，大海茫茫接天涯。日东升，月西下，照我伟大中华。

选自陈一萍编《先行者之歌——辛亥革命时期歌曲200首》，武汉大学出版社，2009年，第4页。

黄花岗

刘质平 词曲

黄花岗，黄花岗，黄花岗上英灵在。花开花谢年复年，英雄一去不复返。国本未固，碧血未干，烈士英魂安不安？黄花岗，黄花岗，黄花岗上英灵在。

选自《革命新歌》油印本，1913年。

现在

刘质平 词曲

莫回想过去，过去不再来，当重新努力自现在。莫妄想未来，未来难预猜，当及时奋起自现在。现在努力，救回我过去。现在努力，创造我未来。

选自华航琛《共和国民唱歌集》，商务印书馆，1912年。

周玲荪

周玲荪（1893~1950），浙江海盐武原镇人。民国元年（1912），入浙江两级师范学校。深受李叔同影响，喜爱音乐、图画。中华民国七年（1918），经李叔同推荐，任南京高等师范艺术系主任。中华民国十年（1921），改为东南大学后，兼任附中音乐教师。其间创作编写多种图书，成为各地中等学校音乐、美术教材。

黄花岗七十二烈士纪念

周玲荪 词/曲

黄花岗烈士，革命未成竟先死。呜呼，英风凛凛千古！浩然气壮山河。诸烈士，杀身成仁！虽然死，死有精神。当日围攻督署，为国，为民，奋斗，奋斗，同心，今日九泉之下堪慰：革命已成功。

原载于《战地新歌》，1913年。陈一萍编《先行者之歌——辛亥革命时期歌曲200首》，武汉大学出版社，2009年，第78页。

佚名

黄花岗烈士纪念

佚名 词曲

烈士头颅，英雄忠骨，拼取中华文物。黄花岗上杜鹃啼鸣，过者无不凄绝。

原载于《战地新歌》，1913年出版。选自陈一萍编《先行者之歌——辛亥革命时期歌曲200首》，武汉大学出版社，2009年，第75~76页。

李剑虹

李剑虹（1875～1926），原名燮羲，字开一，号剑虹，云南大理人。1904年，留学日本，在东京音乐学校专修音乐。曾在昆明"任两级师范学校音乐教员，兼省垣各学校音乐、史地教习"。他重视音乐的社会作用，发表《音乐于教育界之功用》等论文，并积极投身于社会活动。著有《乐典》《剑虹诗稿》《雪耻唱歌集》等。

滇声

李剑虹 词，佚名 曲

金沙浩荡雪山高，六诏好山河。汉唐建国明一统，世变几经过。金碧之秀，苍洱之灵，武夫众多。爱国热忱，灿烂焕发，饱饮敌人血，高唱凯旋歌。

原载《云南》杂志第十一期，1907年。选自毛翰编著《辛亥革命踏歌行——1900～1916中国歌曲选》，安徽文艺出版社，2011年，第92页。

沈恩孚

沈恩孚（1864～1949），字信卿，江苏吴县人。中国近、现代教育家。同济大学第四任校长。1904年，东渡日本考察教育。参加创办江苏学务总会，当选会长，倡议施行小学单级教授法。民国二年（1913）主持江苏教育，主张体育、童子军、新教育等理论、方法。1917年，与黄炎培等发起中华职业教育社，筹创南京河海工程专门学校。1913年，创办鸿英图书馆。又任上海市议会议长。著有《沈信卿先生文集》。

亚东开化中华早

沈恩孚 词，沈彭年 曲

亚东开化中华早，揖美追欧，旧邦新造，飘扬五色旗，民国荣光，锦绣河山普照。吾同胞，鼓舞文明，世界和平永保。

中华民国临时政府成立后，教育部于1912年2月发布征集国歌的公告，2月25日第22号的《临时政府公报》，刊出此歌词。选自国家教委基础教育司编《新中国国旗 国歌 国徽 国都 纪年的诞生》，北京开明出版社，1994年，第49页。

冯玉祥

冯玉祥（1882～1948），字焕章，原名基善，原籍安徽巢县，生于直隶青县。中国国民革命军陆军一级上将，西北军阀。有"基督将军""倒戈将军""布衣将军"称号。

军人争气歌

冯玉祥 词，民歌《马队喇叭调》曲调

军人军人要争气，咱们中国被人欺。热血要洒发奋起，不能够受制做奴隶。发奋挽回来，反转弱为强，快乐共同乐，乐在军人耶，乐在军人耶！

作于 1912 年。收录在沈心工《重编学校唱歌一集》，1912 年 10 月。选自毛翰编著《辛亥革命踏歌行——1900～1916 中国歌曲选》，安徽文艺出版社，2011 年，第 149 页。

张行义

张行义，生平不详。

爱国歌

张行义 词，佚名 曲

我同胞，大家起来，唱个歌儿听，第一军人，狠狠狠，团体结得紧。

把一片，爱国热心，宗旨拿得定，男儿意气，轰轰轰，从军为基本。

哪怕他，弹雨枪林，爱国不爱命，两军阵前，奋奋奋，显出真本领。

我国民，起义成群，睡已黄粱醒，争先恐后，猛猛猛，好像黄龙饮。

请看那，武昌初兴，天下皆响应，四万万人，起起起，国耻当扫尽。

愿同胞，抖擞精神，各尽国民分，英雄手段，好好好，把我乾坤整。

原载华航琛编《共和国民唱歌集》，商务印书馆，1912年。选自毛翰编著《辛亥革命踏歌行——1900～1916中国歌曲选》，安徽文艺出版社，2011年，第115页。此歌另有一个版本，题为"行军歌"，署名"武昌马队第一标"，曲调不同，歌词相近。

李雁行、李英倬

采茶歌

李雁行、李英倬 词，《凤阳花鼓》曲调

采茶去，携茶筐，山前山后新茶香。去年茶树小如妹，今年茶树如侬长。芽尖采得舌尖芳，留取归家献阿娘。西家昔爱华茶好，而今出口华茶少。西家亦唱采茶歌，懊侬心苦茶如何？

原载叶中冷编《女子新唱歌》第三集，1908年9月。复见于沈心工编《民国唱歌集》第二编，1913年1月；李雁行、李英倬编《中小学唱歌教科书》，1913年版。今选自陈一萍编《先行者之歌——辛亥革命时期歌曲200首》，武汉大学出版社，2009年，第135页。

蒋麒昌

蒋麒昌（约1861～1923），字荫棠，辽宁盖县人。曾为盖平县师范学校国文教员。

苏武牧羊

蒋麒昌 词，田锡侯 曲

苏武留胡节不辱。雪地又冰天，羁留十九年。渴饮雪，饥吞毡，野幕夜孤眠；心存汉社稷，梦想旧家山。历尽难中难，节旄落未还，兀坐绝寒，时听胡笳入耳心痛酸！

苏武牧羊久不归，群雁却南飞，家书欲寄谁？白发娘，倚柴扉，红妆守空帏；三更徒入梦，未卜安与危？心酸百念灰，大节仍不少亏，羝羊未乳，不道终得生随汉使回！

这首歌词大约创作于民国初年，是学堂乐歌的代表作之一。从二十世纪二十年代开始广泛流行，传唱至今。选自毛翰编著《辛亥革命踏歌行——1900～1916中国歌曲选》，安徽文艺出版社，2011年，第176页。

赵元任

赵元任（1892～1982），江苏武进人，1910年考入清华学校公费并留学美国，先入康乃尔大学，1915年入哈佛大学。先后获物理学、哲学等博士学位。1920年任教清华学校。次年赴美任教。1925年回国任清华大学国学研究院教授。1938年赴美讲学，并定居美国。在美国学习期间兼学音乐，以致后来从事语言学的同时，也进行音乐创作。1928年出版的《新诗歌集》影响最大，是音乐创作中极有个性的作曲家。

苏州河北岸上的大国旗

赵元任 词

君不见北岸上飘扬在烟云里，昨夜黄昏挂起，黎明仍悬空中，鲜明青天白日红光照耀满地，孤军坚守不移，誓与它同始同终。凭他炮火轰炸，如雨炮弹，不怕保国、保国旗，国旗在处就是家。愿同胞跟随那些壮士，不问你我他，一齐上前把敌杀，保我自由中华。

选自火线歌咏团编选《火线下之歌》，1939年，第5页。

俞粲

俞粲，生卒年不详，1914年，编写的学堂乐歌《高等小学新体唱歌集》（分三集），在商务印书馆出版。

历史

俞粲 词，〔日〕奥山朝恭 曲

首出御世，洪荒初开，遍地兮榛狉。圣贤英豪，接踵而起，世界化草味。

运会发达，文明景象，大备成周代。降及春秋，内忧外患，相沿莫挽回。治乱兴亡，循环反复，四千有余岁。人存政举，人亡政息，后车勉乎哉。

五洲万国，虎视眈眈，沙场一片战。甲午庚子，流血漂杵，瓜分何以堪。日俄竞争，德法缔盟，垂涎吞中原。睡狮奋吼，雷霆一震，瞬息破疑团。抵制美约，争回铁路，收复自由权。优胜劣汰，天演公理，快把山河援。

原载无锡城南公学堂编著《学校唱歌集》，上海文明书局，1906 年。选自毛翰编著《辛亥革命踏歌行——1900～1916 中国歌曲选》，安徽文艺出版社，2011 年，第 74 页。

运动

俞粲 词，日本歌曲曲调

运动，运动，广场一片中。跳高跳远，向西而东。课余时踢球赛跑惟我从，少年学生学生，少年个个称英雄。

原载无锡城南公学堂编著《学校唱歌集》，上海文明书局，1906 年。选自陈一萍编《先行者之歌——辛亥革命时期歌曲 200 首》，武汉大学出版社，2009 年，第 118 页。

佛哉

女国民

佛哉 词，佚名 曲

凤凤凤，大地文明，气运渡亚东。独立精神旭日红，自由潮流涌。女权世界重，公理平等天下雄。那堪回首，金粉胭脂，一般可怜虫。

流流流，少年志气，蓬勃吞五洲。涤汉唐兮踣商周，睥睨嗤美欧。砥柱作神州，鼓吹国魂让我侪。函眉何事，咏絮漫夸，行看五凤楼。

英英英，优美思想，发达辟古今。舞龙蛇兮持艺林，河岳钟秀灵。天演界纵横，往哲西儒许争衡。玉台小技，松雪闲情，文明输后生。

奇奇奇，不栉进士，伟眼相非皮。上烛千古下来兹，努力少壮时。世道日凌夷，大厦将倾一木支。楚歌声里，项羽军中，悲歌剩虞兮。

沉沉沉，儿女英雄，伤时泪满襟。民族思想爱国心，尚武振精神。四郊笳角声，无限英豪情付琴。江南云气，汉家宫阙，何日扫游氛？

潜潜潜，江表王气，终于三百年。南国衣冠染腥膻，神州碎一拳。暮气弥大千，祖国前途担我肩。志吞河岳，还我江山，只手誓擎天。

高高高，光风霁月，廿纪大文豪。衙官屈宋隶王陶，神韵轶汉皋。特色自天骄，况有美欧新思潮。焚香扫地，枕经胙史，倚剑展龙韬。

明明明，二十世纪，大汉女国民。激昂慷慨赴前程，觥筹自由魂。铁血作精神，侠骨柔肠和爱情。氤氲磅礴，弥漫膨胀，烟土批里纯。

原载《复报》第 5 期，1906 年 10 月 12 日。

李映庚

李映庚（1845～1916），字耀西，一字啸溪。沭阳县马巷人，祖籍灌云县。清末廉臣，中国现代军乐创始人。他博学多才，于昆曲、京剧、声乐律吕尤为谙熟，且擅弹琵琶。

达情歌（弁兵歌）

李映庚 词曲

时事太艰辛，说也心酸。远方土地日凋残，好像钢刀从外割，疼到中间。不恨彼凶顽，愧我无颜。军人哪个没心肝，他有钢刀咱也有，劈面交还。

国事我评论，非弱非贫，咱家哪样不如人？要干就须拼命干，难得齐心。同是大清民，一体相亲。各人须有各人身，若似同船船破了，身又何存？

既在一营中，事事同功，众人为弟我为兄。打仗我前兵在后，必要相从。打仗一般同，号令难松。队中你是主人翁，若是一朝军令下，齐向前攻。

此话记坚牢，战争非遥，各人只想姓名标，今日大家同一乐，明日还操。未向阵前交，技艺宜高。练心练胆练身腰，枪炮般般都练准，誓扫群妖。

《达情歌》，又名《弁兵歌》，原载于李映庚编选《军乐稿》，1909 年春石印出版。选自石磊著《中国近代军歌初探》，解放军文艺出版社，1986 年，第 175 ~ 176 页。

唐文治

唐文治（1865 ~ 1954），字颖侯，号蔚芝，晚号茹经，著名教育家、工学先驱、国学大师。代表作为《茹经堂文集》和《十三经读本》等。

祝中华民国歌

我国初哉首盘皇，唐尧虞舜相禅让。共和政体肇元良，孔孟继起儒者王，大同世界神游翔。秦汉以来专制横，一治一乱分玄黄，民生凋敝困且僵。我民国开国宙合发其祥，振兴实业农工商，五金地质开宝藏。教育覃敷，弦歌不缀。我国民，士气扬。枕戈待旦，起舞鸡鸣。我国民，兵气强，兵气强。出入相亲，守望相助，我国民团体坚且长。勤俭忠信，孝弟力田，我国民志节久而昌。从兹我国旗飞且扬，照耀五洲洋。维我民国五族，万岁万岁寿无疆。

原载沈心工编《重编学校唱歌六集》，上海文明书局，1912 年。选自毛翰编著《辛亥革命踏歌行——1900 ~ 1916 中国歌曲选》，安徽文艺出版社，2011 年，第 141 ~ 142 页。

吴兆奇

吴兆奇，生平不详。

明日歌

吴兆奇 词，〔美〕福斯特 曲

明日明日又明日，明日何其多。放弃现在等待明日，岂不万事成蹉跎。朝看水东流，暮看日西堕，明日无限，人生几何？光阴空为明日过。

收入沈心工编《新教育唱歌集》，1914 年版。选自陈一萍编《先行者之歌——辛亥革命时期歌曲 200 首》，武汉大学出版社，2009 年，第 121 页。

朱寿昌

敬尊长

朱寿昌 词曲

水有源，木有根。养有父母，教有师尊。恭敬长上，乃纲常之所存。

曾收入朱寿昌编《新编学校歌曲集》，1914 年版。选自陈一萍编《先行者之歌——辛亥革命时期歌曲 200 首》，武汉大学出版社，2009 年，第 149 页。

十八省地理历史

沈心工 词

一　直隶

溯直隶涿鹿之区，最古一战场。猰䝖屏击蚩尤灭，历史增荣光。更有侠子出燕冀，时演悲壮剧。易水萧萧芦狄秋，英风高千丈。

二　山东

溯山东蔚生人杰，太公与桓公。登临一览天下小，泰岳耸高峰。滨海一角形势雄，汉港东北通。胶州威海租借同，后患何时穷。

三　山西

溯山西河山表里，太原何肮肮。太平天子说唐虞，韩魏分疆土。苏武使节出大同，藩篱今尤古。首阳山上薇蕨枯，莽莽两义士。

四　河南

溯河南夙号中州，创业推周武。宋人策马向南渡，宫殿留余址。阶前花草泣斜阳，重作周王府。于今铁道纵横行，忍看异旗舞。

五　陕西

溯陕西地势雄壮，终南拱府城。凤翔西望岐山云，太王避狄侵。西安雉堞比两京，千里金汤称。阿房宫殿一望平，胜迹剩华清。

六　甘肃

溯甘肃西戎旧地，秦汉逐匈奴。崔巍万里长城长，黄河左右输。贺兰山外阵云铺，胡人足迹虚。阴平道上马萧萧，不见汉孝武。

七 江苏

溯江苏龙盘虎踞，巍巍石头城。长江滚滚太湖宽，毓秀与钟灵。拜将台上旧风云，阁部坟前月。万古不灭有精神，英雄在天魂。

八 安徽

溯安徽时当秦汉，淮泗起风潮。巢湖中潴天柱耸，战史古今豪。东西对峙梁山高，门户要坚牢。古人不见来者多，整顿待吾曹。

九 江西

溯江西四面环山，襟湖带长江。南康东濒鄱阳岸，罂子口如束。刘裕卢循明太祖，在此争胜负。水道四注利灌输，九江开商埠。

一〇 浙江

溯浙江涛声澎湃，皇皇旧帝都。吴山立马形胜多，左江右西湖。碧血丹心表墓门，千古忠岳武。滔滔学界大思潮，梨洲扬其波。

一一 湖北

溯湖北鄂王封址，继轨说孙权。赤壁一火盖世名，人物几更换。漯口铁轨汉口船，交通七省宽。黄鹤不归楼自在，胜迹古今传。

一二 湖南

溯湖南纵横山脉，衡岳看巍然。湘资沅澧倾东北，洞庭湖水宽。秦郡汉国古长沙，汩罗吊屈原。湘军仗策定中原，从今蔚国华①。

① 石磊著《中国近代军歌初探》（解放军文艺出版社，1986 年，第 28 页）称："湘军仗策定中原，从今蔚国华"。钱仁康著《学堂乐歌考源》（上海音乐出版社，2001 年，第 76 页）载："秦郡汉国古长沙，汩罗吊屈原，艰难起义定中原，将军仔细看。"毛翰编著《辛亥革命踏歌行——1900～1916 中国歌曲选》（安徽文艺出版社，2011 年，第 53 页）称："艰难起义定中原，将军仔细看。"

一三 四川

溯四川蛮獠杂处，蜀汉兴帝业。巫山十二巴山接，极目烟霞色。读书台上集名儒，缅怀诸葛公。谪仙酒罢骑鲸去，采石有高风。

一四 贵州

溯贵州古封罗甸，相传即鬼方。元初耀武苗民顺，筹策定边疆。商贾裹足交通阻，司农费商量。生聚教训十余年，庶几称盛强。

一五　福建

溯福建海疆重镇，闽越旧王都。汉初改郡属会稽，拱卫东南隅。巨鲸奋爪海扬波，台澎门户除。三山东瞰神州路，高枕岂无虞。

一六　广东

溯广东右濒洋海，赵佗据全土。汉军南下旗旌舞，凯歌贺汉武。羊城弹丸实门户，轮船如蚁聚。香港让人九龙租，北海复开埠。

一七　广西

溯广西控制南交，山林饶秀色。始皇远征颂功德，象郡由是立。龙州开埠已多年，地与安南接。从前将帅说筹边，重镇还须设。

一八　云南

溯云南地处荒芜，巍城俯碧鸡。汉唐以前化外居，民智今何如。武侯南征浆壶迎，相将入版图。山川辽阔人口稀，振起望群黎。

一九　奉天

溯奉天水深土厚，流域属辽河。余威不见公孙度，慷慨发悲欢。旅顺大连成租界，倒持嗟太阿。为国干城在宁土，奚以挽颓歌。

二〇　吉林

溯吉林唐时渤海，据满洲之中。松花江流何浩荡，长白峙于东。吉卡滨江延吉道，依兰气象雄。移民实边金瓯固，飒飒振英风。

二一　黑龙江

溯黑省西北界俄，要塞如金汤。兴安岭脉形势壮，嫩江贯中央。龙江绥兰多沃土，黑河慎边防。严守北门固锁钥，增我邦家光。

《十八省地理历史》的作者，一说为沈工心，另一说为叶中冷，如汪毓和编著《中国近现代音乐史教学参考资料》（世界图书出版西安公司，2000年，第17页）即采取第二种说法。毛翰编著《辛亥革命踏歌行——1900～1916中国歌曲选》，也选录了此首，他在歌曲评注中称："原载上海印书馆1906年5月出版的叶中冷编《小学唱歌集》初集，系沈心工借小山作之助《日本海军》一歌的曲调填词而成。"见是书第54页。《十八省地理历史》其后的奉天、吉林、黑龙江三段，歌词由张来堂补写。本次选编录自钱仁康著《学堂乐歌考源》，上海音乐出版社，2001年，第74～76页。

凯旋

沈心工 词，〔美〕福斯特 曲

请看千万只的眼光，都射在谁身上？几辈英雄受着上赏，大脚阔步挺胸膛。你莫说他狂，也莫笑他憨，估他肩上多少斤两，不有力气怎担当？同胞同胞试想试想，你心上觉怎样？二十世纪初的风浪，滚滚西渡太平洋。我民族兴亡，个个关疼痒，只要相爱不要相让，包你立脚有地方。一歌再歌慨当以慷，我三歌气更壮。拼我热血换个铜像，要与日月比光亮，我龙旗飞扬，到处人瞻仰。中国长寿无量，地大山高海泱泱。

原载沈心工编《学校唱歌二集》，1906 年，用美国人福斯特创作歌曲《主人长眠冷土中》的曲调，此歌后来用于军歌。选自陈一萍编《先行者之歌——辛亥革命时期歌曲 200 首》，武汉大学出版社，2009 年，第 54 页。

体操（兵操）

沈心工 词

男儿第一志气高，年纪不妨小。哥哥弟弟手相招，来做兵队操。长官拿着指挥刀，小兵放枪炮。龙旗一面飘飘，铜鼓咚咚咚咚敲。一操再操日日操，操得身体好。将来打仗立功劳，男儿志气高。

约作于 1902 年，初刊于 1904 年沈心工编《学校唱歌集》，今即选录于是集。

春雨歌

沈心工 词

春雨如雾又如烟，模糊难分辨。泥土不燥也不粘，农人好种田。柳荫麦浪绿无边，菜花黄更鲜。天时人力两完全，便是大有年。

作于 1904 年。选自沈心工著《心工唱歌集》，生活书店，1937 年，第 40 ～ 41 页。

游春

沈心工 词

何时好？春风一到，世界便繁华。杨柳嫩绿草青青，红杏碧桃花。少年好，齐齐整整，格外有精神。精神活泼，人人不负好光阴。

学堂里，歌声琴声，一片锦绣场。草地四围一样平，体操个个强。放春假，大队旅行，扎得都齐整。山清水绿景致新，地理更分明。

作于1904年。选自罗家伦主编《中华民国史料丛编·江苏·第7期》，中国国民党中央委员会党史史料编纂委员会发行，1983年，第63～64页。

耕牛

沈心工 词

一只种田牛，站在田横头。驾起牛扁担，拖起犁耙走。咭呷咭呷，翻转泥头。脚边新雨滑，背上风嗖嗖。

选自钱仁康著《学堂乐歌考源》，上海音乐出版社，2001年，第79页。

友谊

沈心工 词，〔美〕哈里森 曲

鸟鸣嘤嘤，求其友声，鸟也如此殷勤！矧我人类，万物之灵，岂容太上忘情？晤言一室，欢笑忘形，诚然慰我平生。地角天涯，可订知音，尚友且格精神。

古人视友，伦常之一，异姓情同兄弟。劝善规过，各敦道义，交际原非朋比。世态炎凉，坠渊加膝，友谊而今扫地。戴笠相逢，下车相揖，佳话人人须牢记。

选自沈心工著《心工唱歌集》，生活书店，1937年，第17页。

燕燕

沈心工 词

燕燕！燕燕！别来又一年。飞来！飞去！借与你两三椽。你旧巢门户零落不完全，快去衔土，快去衔草，修补趁晴天。

燕燕！燕燕！室内不可留。关窗！关窗！须问你归也不。你最好新巢移在廊檐头，你也方便，我也方便，久远意相投。

选自晨枫主编《百年中国歌词博览》，安徽文艺出版社，2011年，第4页。

竹马

沈心工 词

小小儿童志气高，要想马上立功劳。两腿夹着一竿竹，洋洋得意跳又跳。马儿马儿真正好，跟我东西南北跑。一日能行千里路，不吃水也不吃草。

作于1912年，原刊于1912年出版的《重编学校唱歌集》第二集中。选自晨枫主编《百年中国歌词博览》，安徽文艺出版社，2011年，第4～5页。

美哉中华

沈心工 词

美哉美哉，中华民国。太平洋滨，亚细亚陆。大江盘旋，高山起伏。宝藏万千，庶物富足。奋发有为，唯我所欲。美哉美哉，中华民族！

美哉美哉，中华民族。气质清明，性情勤朴。前有古人，文明开幕。后有来者，共和造福。如涌源泉，如升朝旭。美哉美哉，中华民国！

原载沈心工《重编学校唱歌六集》，上海文明书局，1912年。选自毛翰编著《辛亥革命踏歌行——1900～1916中国歌曲选》，安徽文艺出版社，2011年，第144页。

黄鹤楼

沈心工 词

独自登临黄鹤楼，坐看江水载行舟。千帆容易随流去，一棹艰辛赴上游。

独自登临黄鹤楼，几经革命血横流。可怜化作花千树，遍插朱门仕女头。

独自登临黄鹤楼，楼倾鹤去几经秋。新楼结构全非昔，黄鹤归来认得否？

选自晨枫主编《百年中国歌词博览》，安徽文艺出版社，2011年，第5页。

春游

沈心工 词，黄自 和声

云淡风轻，微雨初晴，假期恰遇良辰。既栉我发，复整我襟，出游以写幽情。绿荫为盖，芳草为茵，此间空气清新。歌声履声，一程半程。与子偕行，偕行。

选自上海音乐学院《黄自遗作集》编辑小组编《黄自遗作集（声乐作品分册）》，安徽文艺出版社，1997年，第153～154页。

革命军

沈心工 词

吾等都是好百姓，情愿去当兵。因为腐败清政府，真正气不平。收吾租税作威福，牛马待人民。吾等倘使再退缩，不能活性命。

作于1912年。最早载华航琛编《共和国民唱歌集》中，商务印书馆，1912年。选自刘佳声编著《二十世纪中国歌曲史编》上册（1900～1949），内蒙古少年儿童出版社，2000年，第21页。

缠脚的苦

沈心工 词,《梳妆台》曲调

缠脚的苦,最苦恼。从小苦起苦到老,未曾开步身先袅。不作孽,不作恶,暗里一世上脚镣。

《缠脚的苦》共 10 段歌词,今选其一。选自陈一萍编《先行者之歌——辛亥革命时期歌曲 200 首》,武汉大学出版社,2009 年,第 92 页。

金陵怀古（其一）

沈心工 词,《凤阳花鼓》曲调

青一片,冶城山,吴王铸剑述奇谈,虎龙剑气消磨尽,欧冶干将亦等闲。剑花零落剑池干,古苔残石尚斑斓。登临有志思高世,无复风流晋谢安,朝天宫阙巍然在,俎豆千秋拜孔颜。

原载于沈心工编《名唱歌集》第二编,1913 年。选自陈一萍编《先行者之歌——辛亥革命时期歌曲 200 首》,武汉大学出版社,2009 年,第 146 ~ 147 页。

李叔同

李叔同（1880 ~ 1942）,祖籍浙江平湖,生于天津。名文涛,别号息霜。1905 年起在日本东京学习西洋绘画及音乐,曾与曾孝谷等创立艺术团体"春柳社",从事话剧活动,曾扮演《茶花女》中的主角,又参加《黑奴吁天录》的演出。1910 年回国,任浙江两级师范学校、南京高等师范学校绘画、音乐教员。所编歌曲《春游》《送别》广为流传。1918 年在杭州虎跑寺出家,法名演音、号弘一。

祖国歌

李叔同 词

上下数千年,一脉延,文明莫与肩。纵横数万里,膏腴地,独享天然利。国是世界最古国,民是亚洲大国民。呜呼,大国民! 呜呼,惟我大国民!

幸生珍世界，琳琅十倍增声价。我将骑狮越昆仑，驾鹤飞渡太平洋，谁与我仗剑挥挥刀？呜呼，大国民，谁与我鼓吹庆升平！

约作于 1902 年。选自《心若莲花，爱如菩提：李叔同作品精选》，北方文艺出版社，2014年，第 210 页。

哀祖国

李叔同 词，法国民歌《月光》曲调

小雅尽废兮，出车采薇矣。豺狼当途兮，人类其非矣。凤鸟兮，河图兮，梦想为劳矣。冉冉老将至兮，甚矣吾哀矣。

此歌初见于李叔同编《国学唱歌集》，1905 年。选自朱兴和评注《李叔同诗歌评注》，上海交通大学出版社，2013 年，第 145 页。

隋堤柳

李叔同 词

甚西风吹醒隋堤衰柳，江山非旧，只风景依稀，凄凉时候。零星旧梦半沉浮，说阅尽兴亡，遮难回首。昔日珠帘锦幕，有淡烟一抹，纤月盈钩，剩水残山故国秋。知否，知否，眼底离离麦秀。说甚无情，情比踠到心头。杜鹃啼血哭神州，海棠有泪伤秋瘦。深愁浅愁难消受，谁家庭院笙歌又。

选自陈净野著《李叔同学堂乐歌研究》，中华书局，2007 年，第 48 页。

忆儿时

李叔同 词

春去秋来，岁月如流，游子伤漂泊。回忆儿时，家居嬉戏，光景宛如昨。茅屋三椽，老梅一树，树底迷藏捉。高枝啼鸟，小川游鱼，曾把闲情托。儿时欢乐，斯乐不可作。儿时欢乐，斯乐不可作。

选自丰子恺编《中外名歌五十曲》，上海开明书店，1927 年。

送别

李叔同 词

长亭外，古道边，芳草碧连天。晚风拂柳笛声残，夕阳山外山。天之涯，地之角，知交半零落。人生难得是欢聚，唯有别离多。

长亭外，古道边，芳草碧连天。问君此去几时还，来时莫徘徊。天之涯，地之角，知交半零落。一壶浊酒尽余欢，今宵别梦寒。

这首歌词始作于 1906 年。选自张治富主编，孙淑娟、耿美香副主编《经典诵读诗文精选》，清华大学出版社，2013 年，第 118 ~ 119 页。

春游

李叔同 词

春风吹面薄于纱，春人装束淡于画。游春人在画中行，万花飞舞春人下。梨花淡白菜花黄，柳花委地芥花香。莺啼陌上人归去，花外疏钟送夕阳。

《春游》是 1913 年李叔同自己作词作曲的一部三部合唱作品，也是中国作曲家创作的第一首合唱作品。1913 年发表在李叔同创办的《白杨》杂志创刊号上。选自刘佳声编著《二十世纪中国歌曲史编》上册（1900 ~ 1949），内蒙古少年儿童出版社，2000 年，第 26 ~ 27 页。

悲秋

李叔同 词

西风乍起黄叶飘，日夕疏林杪。花事匆匆，梦影迢迢，零落凭谁吊？镜里朱颜，愁边白发，光阴催人老。纵有千金，纵有千金，千金难买年少。

选自朱兴和评注《李叔同诗歌评注》，上海交通大学出版社，2013 年，第 205 页。

早秋

李叔同 词

十里明湖一叶舟，城南烟月水西楼。几许秋容娇欲流，隔着垂杨柳。远山明净眉间瘦，闲云飘忽罗纹绉，天末凉风送早秋，秋花点点头。

作于1913年。曾收入丰子恺所编《李叔同歌曲集》。选自刘佳声编著《二十世纪中国歌曲史编》上册（1900 ~ 1949），内蒙古少年儿童出版社，2000年，第25页。

大中华

李叔同 词　〔意〕贝利尼 曲

万岁，万岁，万岁！赤县膏腴神明裔。地大物博，相生相养，建国五千余岁。振衣昆仑之巅，濯足扶桑之漪。山川灵秀所钟，人物光荣永垂。猗欤哉！伟欤哉！威灵振四夷，万岁！万万岁！万万岁！

作于1912年。选自弘一法师著《李叔同全集》第6册，哈尔滨出版社，2014年，第182页。

秋柳

李叔同 词，〔美〕韦伯斯特 曲

堤边柳，到秋天，叶乱飘，叶落尽，只剩得细枝条。想当日绿荫荫春光好，今日里冷清清秋色老。风凄凄，雨凄凄，君不见眼前景已全非。眼前景已全非，一思量一回首不胜悲。

作于1913年。选自丰子恺编《中文名歌五十曲》，上海书店，1927年。

清凉歌

李叔同 词，俞绂棠 曲

清凉月，月到天心，光明殊皎洁。今唱清凉歌，心地光明一笑呵。清凉风，凉风解愠，暑气已无踪。今唱清凉歌，热恼消除万物和。清凉水，清水一渠，涤荡诸污秽。今唱清凉歌，身心无垢乐如何。清凉，清凉，无上究竟真常。

选自弘一法师作词、刘质平等作曲《清凉歌集》，开明书店，1936年，第2～3页。

山色

李叔同 词，潘伯英 曲

近观山色苍然青，其色如蓝。远观山色郁然翠，如蓝成靛。山色非变。山色如故，目力有长短。自近渐远，易青为翠。自远渐近，易翠为青。时常更换，是由缘会。幻相现前，非唯翠幻。而青亦幻，是幻，是幻，万法皆然。

选自弘一法师作词、刘质平等作曲《清凉歌集》，开明书店，1936年，第4～6页。

花香

李叔同 词，徐希一 曲

庭中百合花开，昼有香、香淡如。入夜来，香乃烈。鼻观是一，何以昼夜浓淡有殊别？白昼众喧动，纷纷俗务荣。目视色，耳听声，鼻观之力分于耳目丧其灵。心清闻妙香。用志不分，乃凝于神，古训好参详。

选自弘一法师作词，刘质平等作曲《清凉歌集》，开明书店，1936年，第7～9页。

世梦

李叔同 词，唐学咏 曲

却来观世间，犹如梦中事。人生自少而壮，自壮而老，自老而死，俄入胞胎，俄出胞胎，又入又出无穷已。生不知来，死不知去，蒙蒙然，冥冥然，千生万劫不自知，非真梦欤？

枕上片时春梦中，行尽江南数千里。今贪名利，梯山航海，岂必枕上尔！庄生梦蝴蝶，孔子梦周公，梦时固是梦，醒时何非梦？旷大劫来，一时一刻皆梦中。破尽无明，大觉能仁，如是乃为梦醒汉，如是乃名无上尊！

选自弘一法师作词，刘质平等作曲《清凉歌集》，开明书店，1936 年，第 10～13 页。

观心

李叔同 词，刘质平 曲

世间学问义理浅，头绪多，似易而反难。出世学问义理深，线索一，离难而似易。线索为何？现前一念心性应寻觅。试观心性，在内欤？在外欤？在中间欤？过去欤？现在欤？或未来欤？长短方圆欤？赤白青黄欤？觅心了不可得：便悟自性真常，是应直下信入，未可错下承当。试观心性，内外、中间、过去、现在、未来、长短、方圆、赤白、青黄。

选自弘一法师作词，刘质平等作曲《清凉歌集》，开明书店，1936 年，第 14～17 页。

佚名

中华大纪念

佚名 词曲

十月十号义旗扬，革命军队起武昌。霹雳一声江汉清，汉口汉阳树汉旗。各省闻风争响应。秦晋滇粤皆反正，江浙联军平金陵，大江以南无膻腥。十七省代表，选举到江宁。元帅黄兴黎元洪，组织政府讨虏廷。虏廷闻之心胆惊，遣使求和到沪滨。和议不成战祸紧，和议不成战祸紧，孙文归国民气振。共和元年元旦辰，孙大总统履任到南京。中央政府告成功，誓师北伐捣黄龙。黄龙指日平，四万万人人多安宁。

作于 1912 年，随后被收录于 1912 年 6 月出版的《共和国民唱歌集》。选自毛翰编著《辛亥革命踏歌行——1900～1916 中国歌曲选》，安徽文艺出版社，2011 年，第 120 页。

华航琛

华航琛，无锡人。编有《共和国民唱歌集》（1912）、《新教育唱歌集》（1914）。

中国国体

华航琛 词，〔日〕奥好义 曲

中华民族震亚东，创造共和气象雄。永远民主一统国，追踪欧美表雄风。

原刊华航琛编《新教育唱歌集》，1914 年由上海教育实进会出版。选自毛翰编著《辛亥革命踏歌行——1900～1916 中国歌曲选》，安徽文艺出版社，2011 年，第 179 页。

光复纪念

华航琛 词

八月十九武昌城，起了革命军，国体将改良，全国百姓齐欢欣。革命以救民，首先顺民心。渡江收复汉口镇，汉阳龟山树汉旗。文明，文明，真正鸡犬也不惊。暂把武汉做根本，各省次第荡平。可以觇天意，可以觇人心。从此五大旗，千秋永永息战争。从此五大族，永永享康宁。江水汉水清，历史增荣名。

选自毛翰编著《辛亥革命踏歌行—1900～1916 中国歌曲选》，安徽文艺出版社，2011，第 118 页。

北伐队

华航琛 词，佚名 曲

快来，快来，快快同来，编入北伐队。满人窃据二百载，恢复在我侪。兄弟姊妹大家来，军需多预备。犁庭扫穴奏凯还，汉家历史增光彩。

快来，快来，北伐军队。预备再预备，汉族存亡争一旦，时机不可再。飞艇炸弹军器锐，胡儿惊破胆。直捣黄龙痛饮还，中华民国万万岁。

原载华航琛编《共和国民唱歌集》，商务印书馆，1912年。选自《音乐研究》，1982年第4期，第111页。

欢送北伐歌

华航琛 词，佚名 曲

送军民，慷慨去出征，我中国前途多幸福。溯中原，立国数千年，我汉族历史称荦荦。叹满人，夺我好山河，我同胞受苦实惨酷。幸诸君，发愤起义兵，我中华土地重恢复。彼满清，誓不愿共和，假议和狡猾真恶毒。望诸君，北伐立奇勋，享和平全仗铁与血。你看他，美国华盛顿，血战后终脱英束缚。更看他，法国大革命，到后来终为民主国。恨我侪，壮志未能酬，清政府第一要倾覆。愿诸君，一战定燕云，看他日铜像竖河朔。

选自华航琛编《共和国民唱歌集》，商务印书馆，1912年。

女革命军

华航琛 词，《梳妆台》曲调

女革命，志灭清，摈弃那粉黛去当兵，誓将胡儿来杀尽。五种族，合大群，俾将来做个共和民。

女革命，武艺精。肩负那快抢操练勤，步伐整齐人钦敬。联合军，攻南京，你看那女子亦从征。

梁红玉，沈云英，古来的历史有名声，女人爱国是天性。清中原，扫胡尘，安见得今人让古人。

玛利侬，倡革命，法国人改做共和民，至今人人多钦敬。我中华，大革命，须知道女子亦从军。

原载华航琛编《共和国民唱歌集》，商务印书馆，1912年。选自石磊著《中国近代军歌初探》，解放军文艺出版社，1986年，第65页。

出征

华航琛 词，佚名 曲

往，吾愿往，革命责任不推让。奋我勇气，求我共和，情愿兵队当。为何兴汉，为何灭满，大家想想。人人退后，人人不前，幸福难享。请同胞看我先去战一场。

好，有希望，革命军队来四方。谢天谢地，谢吾同胞，全把挞伐张，推倒朝廷，便成共和，幸福同享。人人拼命，人人戮力，易如反掌。请同胞听我凯歌返故乡。

原载华航琛编《共和国民唱歌集》，商务印书馆，1912 年。选自毛翰编著《辛亥革命踏歌行——1900 ～ 1916 中国歌曲选》，安徽文艺出版社，2011 年，第 126 页。

国耻

华航琛 词，佚名 曲

大汉开国五千年，金瓯本完全。满奴入中原，盗窃神器祸无边。奴隶我民族，水深火热绝可怜。可恨排汉策，宁赠朋友志愿坚。香港台湾，断送英日，前车已可鉴。愿我诸同胞，急图补救勿迁延。

满奴罪恶不胜论，失地真可愤。港台既割让，胶州威海又相赠。旅顺广州湾，断送军港实可恨。琉球与朝鲜，先后割送与日本。缅甸越南，分隶英法，东南藩属尽。同胞快快醒，卧薪尝胆肩责任。

原载华航琛编《共和国民唱歌集》，商务印书馆，1912 年。选自毛翰编著《辛亥革命踏歌行——1900 ～ 1916 中国歌曲选》，安徽文艺出版社，2011 年，第 129 页。

自治

华航琛 词，德国民歌《离别爱人》曲调

自由这个好名词，误了青年多少？文明自由人格高，野蛮自由名誉扫。同胞同胞要自好，自治人生至宝。

吾曹幸作共和民，自治两字要紧。服从法律人尊敬，违背礼法众讥评。自重自爱与自尊，好当他座右铭。

原载华航琛编《共和国民唱歌集》，商务印书馆，1912 年。选自毛翰编著《辛亥革命踏歌行——1900 ～ 1916 中国歌曲选》，安徽文艺出版社，2011 年，第 132 页。

共和国民

华航琛 词，沈心工 曲

国民第一资格高，年纪无老小。讲求学问不辞劳，知识开通早。敦品励行重节操，道德真紧要。体育功夫深造，体健身强脑力好。共和程度一齐到，全球人称道。二十世纪我同胞，国民资格高。

作于 1912 年，华航琛用《男儿第一志气高》的曲子，填写了《共和国民》的新词，原载华航琛编《共和国民唱歌集》，商务印书馆，1912 年 6 月。选自毛翰编著《辛亥革命踏歌行——1900 ～ 1916 中国歌曲选》，安徽文艺出版社，2011 年，第 133 页。

戒鸦片

华航琛 词，佚名 曲

叹鸦片输入中原，流毒正无穷。看年年无数金钱，输出实可痛，愿我同胞快禁绝，富强甲亚东。

叹鸦片弱国病民，贻害实无边。看人人曲背扛肩，憔悴实可怜。劝我同胞早戒绝，康健乐天年。

原载华航琛编《共和国民唱歌集》，商务印书馆，1912 年。选自毛翰编著《辛亥革命踏歌行——1900 ～ 1916 中国歌曲选》，安徽文艺出版社，2011 年，第 134 页。

追悼先烈歌

华航琛 词，〔美〕福斯特 曲

请看诸烈士的英光，都死在沙场上。复我汉族驱除犬羊，显我武烈竟非常。看白旗飞扬，到处人瞻仰。国民长寿长寿无疆，烈士英明江水长。

同胞同胞试想试想，你心上觉怎样？十七次的革命风浪，流血真无量。你莫说他狂，也莫笑他憨。看我汉族今日重昌，不有烈士怎担当。

原载华航琛编《共和国民唱歌集》，商务印书馆，1912 年。选自毛翰编著《辛亥革命踏歌行——1900～1916 中国歌曲选》，安徽文艺出版社，2011 年，第 135 页。

妇人从军

华航琛 词，〔日〕纳所弁次郎 曲

天有美人虹，地有少女风，谁云巾帼不英雄。红是桃花骢，青是莫邪锋，谁云粉黛可怜虫。夺我胭脂山，使我难为容，此仇若鲠横在胸。焚我小戍诗，使我难为忠，奋飞不得哀我躬。

典我钗与环，买彼白玉鞍，师乎师乎花木兰。束我髻与鬟，着彼黄金冠，仙乎仙乎法若安。辞我父与母，朝度玉门关，有口不歌行路难。别我弟与妹，夕宿长城下，有骨不知入塞寒。

若为井中花，宁为塞上沙，马蹄践踏亦荣华。若为井底蛙，宁为毂下炮，血魂飞舞亦奇佳。轰轰佛郎机，呜呜胡女笳，三边烽火脸生霞。纵横娘子军，霹雳阿香车，千秋功业鬓角鸦。

原刊冯梁编《新编唱歌教科书》，1913 年。选自陈一萍编《先行者之歌——辛亥革命时期歌曲 200 首》，武汉大学出版社，2009 年，第 85～86 页。

文明结婚

华航琛 词，德国民歌《离别爱人》曲调

欧美心醉自由神，饶他无限情深。吾曹幸作共和民，婚礼喜得守文明。良缘缔结自三生，恰好两心相映。

花光灿烂气氤氲，景象无限文明。指环交换证良姻，爱情诚挚结同心。百年偕老祝长春，好合如鼓瑟琴。

作于 1914 年。原载华航琛编《新教育唱歌集》，上海教育实进会，1914 年。选自毛翰编著《辛亥革命踏歌行——1900～1916 中国歌曲选》，安徽文艺出版社，2011 年，第 178 页。

谢宾

华航琛 词，德国民歌

今日开会喜满怀，嘉宾惠然肯来，衣冠济济多英才。蓬荜忽然生光辉，招待不周真惭愧，还望嘉宾恕罪。

原刊华航琛编《新教育唱歌集》，1914 年。选自陈一萍编《先行者之歌——辛亥革命时期歌曲 200 首》，武汉大学出版社，2009 年，第 99 页。

当兵

华航琛 词，〔日〕奥好义 曲

中华民国大国民，人人喜当兵。誓愿报国作牺牲，爱国富热心。君看三代及汉晋，寓兵于农民。愿我同胞齐努力，大家去当兵。

作于 1914 年。原载华航琛编《新教育唱歌集》，上海教育实进会，1914 年。选自毛翰编著《辛亥革命踏歌行——1900～1916 中国歌曲选》，安徽文艺出版社，2011 年，第 181 页。

佚名

剪辫

佚名 词，沈心工改《茉莉花》曲

我同胞梳辫子，几时起？自满洲人，进中原，把发剃。叹二百六十八年里，做奴隶。

你看那庙宇里，圣贤人，自关壮缪，岳武穆，一般神。问几人剃发梳辫子，拖后身。

更看那戏台上，做戏文，自上古起，历汉唐，到宋明。问谁人编发拖辫子，在背心。

况当今全地球，五大洲，有哪一国，编发辫，拖背后。愿同胞急将辫子剪，勿再留。

原载华航琛编《共和国民唱歌集》，商务印书馆，1912 年。选自陈一萍编《先行者之歌——辛亥革命时期歌曲200首》，武汉大学出版社，2009 年，第 93 页。

佚名

给奖

佚名 词，〔美〕福斯特 曲

请看会场多少学生，都是私塾改良。衣冠济济来受奖赏，少年个个精神旺。共和新民国，知识要高强。国民资格尽早培养，国富兵强国威强。

私塾课程改订新章，全在热心提倡。莫道此事效果平常，普及教育法最良。经费既节省，教育遍城乡。廿三行省尽行改良，保我民国寿无疆。

作于1914 年。原载华航琛编《新教育唱歌集》，上海教育实进会，1914 年。选自陈一萍编《先行者之歌——辛亥革命时期歌曲200首》，武汉大学出版社，2009 年，第 124 页。

中国雄立宇宙间

荫昌 词，王露 曲

中国雄立宇宙间，廓八埏，华胄来自昆仑巅。江河浩荡山绵连，五族共和开尧天，亿万年。

作于1915年。选自毛翰编著《辛亥革命踏歌行——1900～1916中国歌曲选》，安徽文艺出版社，2011年，第183页。

创造

钱仁康 词，〔法〕贝拉 曲

看一轮红日当空高照，把光和热向地上抛。大好的春光多么可爱，快不要让它空过了。用你的手和用你的脑，使旧世界快换新貌。为人类开拓美的环境，靠我们一同努力去创造。靠一同努力去创造。

选自陈一萍编《先行者之歌——辛亥革命时期歌曲200首》，武汉大学出版社，2009年，第125页。

秋瑾

秋瑾（1875～1907），原名秋闺瑾，字璇卿，号旦吾，东渡后改名瑾，字（或作别号）竞雄，笔名秋千，曾用笔名白萍。祖籍浙江山阴（今绍兴），生于福建闽县（今福州），近代民主革命志士，自称"鉴湖女侠"。其蔑视封建礼法，提倡男女平等，常以花木兰、秦良玉自喻，性豪侠，习文练武，曾自费东渡日本留学。积极投身革命，先后参加过三合会、光复会、同盟会等革命组织。

勉女权歌

秋瑾 词曲

吾辈爱自由，勉励自由一杯酒。男女平权天赋就，岂甘居牛后。愿奋然自拔，一洗从前羞耻垢。若安作同俦，恢复江山劳素手。

旧习最堪羞，女子竟同牛马偶。曙光新放文明候，独立占头筹。愿奴隶根除，智识学问历练就。责任上肩头，国民女杰期无负。

作于1907年。发表于1907年1月20日秋瑾主编的《中国女报》第二号上。选自邵田田编著《秋瑾研究文集》，西泠印社出版社，2014年，第205页。

志群

志群，即陈志群（1889~1962）江苏无锡人，名以益，早年入上海留学高等预备学校，后赴日留学。他是晚清妇女报刊界贡献最大的一个报刊创办者，他先后主编与创办《女子世界》（续办）、《神州女报》和《女报》等，将妇女解放与反清革命融为一体。《神州女报》是为了纪念秋瑾而创办。

追悼秋瑾女士歌

志群 词，佚名 曲

预备立宪将谁欺，党祸屡构成。同胞厄运临，皖狱株连浙狱兴。秋雨秋风愁煞人，女士目难瞑。断头台上，血肉纵横，尽是汉人。

一朝性命竟牺牲，壮志恨未成。英魂常耿耿，还望同胞接踵行。秋雨秋风愁煞人，女士目难瞑。愿我同胞，协力合群，尽□□□。

选自毛翰编著《辛亥革命踏歌行——1900～1916 中国歌曲选》，安徽文艺出版社，2011 年，第 96 页。

老潘

不做寄生虫

老潘 词，刘天浪 曲

萤火虫，夜夜红，公公挑水浇葫葱，婆婆调浆糊灯笼，儿子上山去砍柴，媳妇织布兼裁缝。大家都有工作，不做寄生虫！寄生虫！

原刊沈心工编《重编学校唱歌集》，1912 年。选自李少云、胡云新、陈一萍主编《唱出一个春天来——难忘的岁月 难忘的歌》，武汉出版社，1992 年，第 69～70 页。

宋寿昌

宋寿昌（1901～1977），别名受之，浙江绍兴人，中国近现代音乐教育家、作曲家，曾先后就读于上海美术专科学校（以下简称上海美专），国立音乐院。曾任教于上海美专、中华艺术大学、南京艺术专科学校等，是上海音乐教育研究社、中华艺术教育社的发起人之一，在歌曲创作、教材编写、音乐学理论等方面均有重要成果出版。

自省歌

宋寿昌 词曲

我要我身体强健，运动清洁当先，我要我的学问进步努力用功向前。懒惰，欺诈，骄傲，我要一些不见。诚实，勤俭，和善，我要时时奋勉。

原刊华航琛编《共和国民唱歌集》，商务印书馆，1912 年。选自陈一萍编《先行者之歌——辛亥革命时期歌曲 200 首》，武汉大学出版社，2009 年，第 87 页。

刘雪庵

刘雪庵（1905～1985），笔名晏如、吴青、苏崖，作曲家，四川铜梁（今属重庆）人。早年在成都美术专科学校学过钢琴，小提琴。1930年在上海国立音专跟萧友梅、黄自等学作曲。抗战开始，他立即参加抗日救亡运动，先后曾在苏州社教学院、江苏师范学院，华东师范大学、北京艺术师范学院、中国音乐学院任作曲系教授。

快活歌

刘雪庵 词，应尚能 曲

莫把愁眉深锁，人生终是快乐。阿瞒对酒尚高歌，何况青春似我？

学业须求猛进，光阴莫任蹉跎。百年一瞬寿几何，抛度等闲怎可？

选自冯光钰、薛良主编《20世纪中国著名歌曲1000首》，海燕出版社，1999年，第42页。

踏雪寻梅

刘雪庵 词，黄自 曲

雪霁天晴朗，腊梅处处香。骑驴把桥过，铃儿响叮当。响叮当，响叮当，好花采得瓶供养。伴我书声琴韵，共度好时光。

作于1933年，被收编到《复兴初级中学音乐教科书》（1933～1935）第六册中。选自李文华编著《声乐教程：美声唱法卷——中外经典歌曲150首》，花城出版社，2012年，第99页。

思故乡

刘雪庵 词

我不忘记我最可爱的故乡，我不忘记故乡三千万的奴隶。我要唱雄壮的歌曲，我要写悲愤的词句。不怕强权，不怕暴力，我要用武器打倒仇敌，要用武器打倒仇敌。我要回去，回到我最可爱的故乡。我要回去，唤起那被压迫的奴隶。故乡！故乡！故乡！我要回去，我的故乡！

选自吴剑选编《解语花——中国三四十年代流行歌曲（续集一）》，北方文艺出版社，1998年，第239～240页。

杀敌歌

刘雪庵 词，熊务民 曲

我有三尺铁，我有一腔血。数千年文化，几万里山河，壮丽光荣忍听它残缺！奋起心头火，蒸出胸中热，雨急风狂冲去也，誓把倭寇灭。

选自张立宪主编《读库0606》，新星出版社，2006年，第97页。

从军之一

刘雪庵 词

风正萧萧，旗正飘飘。山寒水翠，气爽秋高。好男儿誓将国报，有热血誓洒今朝。能把倭奴打倒，何须万古名标？别了！别了！全校师朋，合家长少，好男儿前线去了！ 好男儿前线去了！

选自李明忠著《何日君再来——刘雪庵传》，重庆出版社，2014年，第68页。

陈蝶仙

陈蝶仙（1879 ~ 1940），原名寿嵩，字昆叔，后改名栩，字栩园，浙江钱塘人，清末贡生，鸳鸯蝴蝶派作家。早年从事艳情小说的创作，为鸳鸯蝴蝶派代表人物。曾出版文艺杂志《著作林》，并任《游戏杂志》《女子世界》和《申报》副刊《自由谈》主编。

秋思

陈蝶仙 词 中国民间音乐

晚来秋风吹，吹得帘旌动，独坐无聊甚情重，摇摆不定蜡烛红。听何处玉笛一声，吹呀吹得我心动。何况那萧呀萧呀萧的梧桐叶儿响，又夹着铁马铁马儿叮当，怎不凄凉？怎不感伤？一年年的好景，一日日的流光，直教他秋月春花笑人忙。说什么功名，一场好梦熟黄粱。怕明朝揽镜看，又添上潘鬓萧萧几重霜。

选自尤静波主编《中国儿童歌曲百年经典第 1 卷》，上海音乐出版社，2018 年，第 70-71 页。

华振

华振（1883 ~ 1966），字树田，号倩叔，江苏无锡人。早年在日本庆应大学攻读教育学专业，曾在无锡等地任美术和音乐教师。编有《小学唱歌》三集。

镜

华振 词，佚名 曲

大千世界黑沉沉，何物放光明？玻璃镜，不着些子尘。本来面目原如此，中有公平直到心。公鉴古，我鉴人，熟遁形？

原刊冯梁编《小学唱歌》第三集，1913 年版。选自陈一萍编《先行者之歌——辛亥革命时期歌曲 200 首》，武汉大学出版社，2009 年，第 7 ~ 8 页。

快哉

华振 词

四百兆民国倚重，壮哉神明种。江淮巴蜀湘楚众，尚武多英雄。金城铁坚敌何用，一扫妖氛空。军歌高唱大江东，骏马嘶大风。汉家大将西出征，大呼阴山动。快哉快哉快快哉，帝国民气宏。

二十世纪亚东望，角逐新战场。平沙万里秋草黄，大国风泱泱。长江滚滚黄河黄，天险多保障。炮台军舰好恢张，敌国空瞻仰。有国有人斯有土，有土斯有防。快哉快哉快快哉，帝国山河壮。

亚东大陆好山河，满地黄金铺，官山府海雄山左，兴利管夷吾。宝藏千载尽搜罗，森林处处睹。统计全国输出货，丝茶居大数。请君一读禹贡赋，应知其饶富。快哉快哉快快哉，帝国物产多。

华振这首《快哉快哉》，是根据日本同名歌曲改填其词而成的。原载叶中冷编《小学唱歌初集》，1906 年版。选自毛翰编著《辛亥革命踏歌行——1900 ～ 1916 中国歌曲选》，安徽文艺出版社，2011 年，第 56 页。

大国民

华振 词，〔美〕法伊尔 曲

亚东帝国大国民，赫赫同胞轩辕孙。祖国之流泽长且深，祖宗之遗念远且存。保国，保种，保我家庭，尽我天职献我身。枪林炮雨仇莫忘，大敌在前我军壮。横刀向天人莫当，国民侠骨有余芳。大旗翻飞正当阳，黄龙灿烂风摇荡。祖国千秋万岁之金汤，增我历史之荣光。

原刊《共和国民唱歌集》，1906 年版。选自陈一萍编《先行者之歌——辛亥革命时期歌曲200 首》，武汉大学出版社，2009 年，第 41 页。

秋士吟

华振 词

风雨正潇潇，落叶知多少。把酒问天块垒浇，万般事业由人造，一歌一起舞，壮志未全消。

其主题与曹孟德《龟虽寿》一脉相传。选自晨枫主编《百年中国歌词博览》，安徽文艺出版社，2011年，第23页。

格致

华振 词，〔美〕法伊尔 曲

茫茫大海骨董品，离离奇奇真富盈。非天之磨荡无以生，非地之蕴蓄无以存。动植矿物遍地纷纶，距离算术考察精。声光化电尤研究，标本仪器辨分明。各国赛会资历练，眼界豁如意象增。纵云欧美新学问，格致发明推圣经。愿吾青年酌古又准今，他日博学乃成名。

原载无锡城南公学堂编著《学校唱歌集》，上海文明书局，1906年版。选自毛翰编著《辛亥革命踏歌行——1900～1916中国歌曲选》，安徽文艺出版社，2011年，第77页。

从军

华振 词，基督教《信徒精兵歌》曲调

枪在背，刀在腰，壮志不肯消。死有重于泰山，或轻于鸿毛。当知男儿兵役，义务不可逃；当知以御外侮，非以祸同胞；当知以杀止杀，残酷非贤豪。吾军士，人格高，心头要记牢。

原载华振编《小学唱歌》第二集，1907年。选自毛翰编著《辛亥革命踏歌行——1900～1916中国歌曲选》，安徽文艺出版社，2011年，第93页。

沈秉廉

沈秉廉，中国近现代音乐教育家、词曲作家、外国歌曲编译家。他积极投身音乐教学活动，曾编写许多教科书、参考书，还曾参与歌词创作，领域涉及儿童歌曲、儿童歌剧和爱情歌曲；他还采取翻译外国经典旋律配以新歌词作歌等方式，将外国音乐文化传播到中国。

怀友

沈秉廉 词

月光皎皎照屋梁，雁声哀鸣清且长。溯伊人兮天一方，人生不见若参商。岂无音信诉衷肠，亦有魂梦相还往。惟不见君颜色兮，使我寸心常彷徨。

选自陈一萍编《先行者之歌——辛亥革命时期歌曲200首》，武汉大学出版社，2009年，第142页。

晨光

沈秉廉 词，艾伦 曲

山上晓钟声声，震颤幽谷长林，海边晨光暝暝，推开薄雾浓云。如许钟声彻心灵，如许晨光系人情。听小鸟呼唱殷勤，似有意留此良晨。芙蓉微笑盈盈，似有意留此良辰。

选自陈一萍编《名曲填词歌曲》，湖北教育出版社，1992年，第142页。

陆军

沈秉廉 词

枪声密集炮声响，战事正紧张。步兵压迫在前面，马队袭两旁。添药弹，送军粮，辎重输送忙。深堑高垒，工程坚强，后防比金汤。

战云弥漫战线长，死力抗顽强。全军挺进向前敌，肉搏决存亡。流热血，裂肝肠，奋勇又激昂。敌人未灭，壮志未偿，誓不还故乡！

选自张立宪主编《读库0606》，新星出版社，2006年，第95页。

问自己

沈秉廉 词

每早起来问自己，国耻忘记未忘记？如果人人都像我，是否能把国耻洗？奋斗全仗好精神，耐劳端赖强身体，深虑须具真学问，远谋应有大志气，问心无愧当自勉，未许玩忽不努力！记得国耻不胜数，我不去洗待谁洗？

选自张立宪主编《读库0606》，新星出版社，2006年，第98页。

中国心

沈秉廉 词曲

正义在我们血里，公道在我们心里，怕什么强权暴力？怕什么阴谋诡计？振作精神固结团体，依照三民主义奋斗到底！中国要拯救人类，中国要解放自己。誓联合弱小民族，一同来努力奋起。黑暗时代将要过去，快见青天白日普照大地！

原刊程其保编《民族歌曲选编》，1914年。选自陈一萍编《先行者之歌——辛亥革命时期歌曲200首》，武汉大学出版社，2009年，第88～89页。

唯有现在

沈秉廉 词曲

追想过去快乐与悲伤，一切的一切已埋葬。莫妄念未来成功与失败，一切的一切难揣猜。唯有现在可贵且可爱，应刹那不放松，善自为主宰。唯有现在可贵且可爱，应刹那不放松，向上求愉快。

原刊华航琛选编《共和国民唱歌集》，商务印书馆，1912年。选自陈一萍编《先行者之歌——辛亥革命时期歌曲200首》，武汉大学出版社，2009年，第123页。

建设歌

沈秉廉 词曲

建设首要在民生，注重人民衣食住行。振兴农业足民食，富裕民衣织造研精。建筑屋舍乐民居，修路治河便利民行。政府人民齐努力，建设事业就可完成。

选自陈一萍编《先行者之歌——辛亥革命时期歌曲200首》，武汉大学出版社，2009年，第129页。

范源濂

范源濂（1875～1927），字静生，湖南省湘阴县人，中国近代著名教育家。早年就学于长沙时务学堂。戊戌变法失败后流亡日本，入东京高等师范学校学习。辛亥革命后，曾任教育部次长、中华书局总编辑部部长、北洋政府教育总长。1923年赴英与英政府商洽将庚子赔款用于教育事业。回国后，历任北京师范大学校长、中华教育文化基金委员会董事长、南开大学董事、北京图书馆代理馆长。

北京师范大学校歌

范源濂 词，冯孝思 曲

往者文化世所崇，将来事业更无穷，开来继往师道贯其中。师道，师道，谁与立？责无旁贷在藐躬。皇皇兮故都，巍巍兮学府，一堂相聚志相同，朝研夕讨乐融融。弘我教化，昌我民智，共矢此愿务成功！

作于1923年。选自北京师大平民学校编《平民唱歌集》，求知学社，1924年，第2页。

国民第七班班歌

吴□ 词，林笃信 曲

慨平民之园地兮，自然之田畴；问春华与秋实兮，收获其奚由？胡彼黍之离离兮，极目荒邱？锄荆棘与蒿莱兮，责在吾侪。使卿云其灿烂兮，掩映乎五洲。瞻春华之辉煌兮，轮换于三秋！

选自北京师大平民学校编《平民唱歌集》，求知学社，1924 年，第 8 页。

别

张永荣 词

事万族，别却一绪，有别总有愁。离梦踯躅伤何如？别魂抑难休。
恋今日，回忆当初，眼泪几行流。劳燕分飞空梦想，相见两悠悠。

选自北京师大平民学校编《平民唱歌集》，求知学社，1924 年，第 59 页。

秋日怀友

张永荣 词

心日挂，神常驰，范张情重当如斯。苦无长房术，只得长相思。
霜新降，风微吹，正是引领好音时。频频问苍天，南雁何日移。

选自北京师大平民学校编《平民唱歌集》，求知学社，1924 年，第 64 页。

吴鉴

吴鑑，生卒不详，曾参与创办北平私立志成中学（即今北京三十五中）。

悲少年

吴鉴 词曲

年华如逝水，转瞬又冬残。壮年人渐老，青年亦壮年。纨绔少年势豪富，读书不勤日征逐。一事无成两鬓白，独自对镜空悲哀。世人如此何其多，事变境迁唤奈何！

选自北京师大平民学校编《平民唱歌集》，求知学社，1924 年，第 67 页。

李大寰、燕南

凯旋歌

李大寰、燕南 词，陈田鹤 曲

夕阳照柳条，军旗迎风飘。千万人问好，千万人慰劳。看啊，那辗转百战的征袍！看啊，那贼头磨亮的钢刀！啊，祖国的英豪，祖国的英豪！昔日的枯枝，今日又绿了树梢。临行的襁褓，今日在身旁嬉笑。祖国的英豪啊，祖国的英豪，粉碎了民族的镣铐，还要把新中国建造，永远受万世子孙的颂祷！

选自教育部音乐教育委员会编《齐唱曲集》，教育部音乐教育委员会，1941 年，第 15 ～ 16 页。

经筱川

经筱川，生卒不详，曾任国立西南师范学校校长。

救国救民歌

经筱川 词，熊务民 曲

革命欲完成，主义要认清，民族与民权更须重民生。精诚团结立志救国民，障碍欲扫除，土匪要肃清。三民主义要实现，国治天下平。

原刊程其保《民族歌曲选编》，1914 年。选自陈一萍编《先行者之歌——辛亥革命时期歌曲 200 首》，武汉大学出版社，2009 年，第 89 页。

华根

成功告诉我

华根 词，佚名 曲

奋进，奋进，胆大心细做事情。勇敢，沉毅，抱大无畏精神！成功告诉我别要怕难，成功告诉我别要偷安。奋进，奋进，前程是光明。

原刊张秀山编《明歌新集》，中华乐社，1916 年版。选自陈一萍编《先行者之歌——辛亥革命时期歌曲 200 首》，武汉大学出版社，2009 年，第 123 ~ 124 页。

赵国钧

赵国钧（1890～？），别号庶屏，安徽淮平人。安徽陆军小学堂、北京清河陆军第一预备学校毕业。1916年5月保定军校毕业。1947年2月任陆军步兵上校军衔，同时退为备役。

五四纪念爱国歌

赵国钧 词，萧友梅 曲

五四,五四！爱国的血和泪，洒遍亚东大陆地！雄鸡一唱天下白，同声击贼贼胆悸！爱国俱同心，壮哉此日！壮哉五四！

五四,五四！自由的血和泪，洒遍亚东大陆地！为民众而争正义，军警刀枪都不顾，精神冠古今，壮哉此日！壮哉五四！

五四,五四！真理的血和泪，洒遍亚东大陆地！扫荡千古群魔毒，文化革新应运起，光大我国史，壮哉此日！壮哉五四！

五四,五四！和平和血和泪，洒遍亚东大陆地！强权打破光明现，老大古国见新气，国魂兮不死，壮哉此日！壮哉五四！

《五四纪念爱国歌》初刊于1924年5月4日"五四"纪念日的北京《晨报副镌》，是为纪念1919年"五四"爱国民主运动五周年而创作的。选自刘习良主编《歌声中的20世纪：百年中国歌曲精选》，中国国际广播出版社，1999年，第20～21页。

刘大白

刘大白（1880～1932），中国诗人，原名金庆棪，后改姓刘，名靖裔，字大白，别号白屋，浙江绍兴人。与鲁迅先生是同乡好友，现代著名诗人，文学史家。曾东渡日本，南下印尼，接受先进思想。先后在省立诸暨中学、浙江第一师范、上海复旦大学执教。1919 年他应经亨颐之聘在浙一师与陈望道、夏丏尊、李次九一起改革国语教育，被称为"四大金刚"。后任教育部秘书、常务次长、中央政治会议秘书等职。

卖花女

刘大白 词

春寒料峭，女郎窈窕，一声叫破春城晓："花儿真好，价儿真巧，春光贱卖凭人要！"东家嫌少，西家嫌小，楼头娇骂嫌迟了！春风撩草，花心懊恼，明朝又叹飘零早！江南春早，江南花好，卖花声里春眠觉；杏花红了，梨花白了，街头巷底声声叫。浓妆也要，淡妆也要，金钱买得春多少。买花人笑，卖花人恼，红颜一例和春老！

作于 1922 年。见刘大白诗集《邮吻》，歌曲用贝多芬所作歌曲《土拨鼠》调配唱而成。选自刘佳声编著《二十世纪中国歌曲史编》上册（1900～1949），内蒙古少年儿童出版社，2000 年，第 53～54 页。

复旦大学校歌

刘大白 词，丰子恺 曲

复旦复旦旦复旦，巍巍学府文章焕。学术独立思想自由，政罗教网无羁绊。无羁绊，前程远。向前，向前，向前进展。复旦复旦旦复旦，日月光华同灿烂。

复旦复旦旦复旦，师生一德精神贯。巩固学校维护国家，先忧后乐交相勉。交相勉，前程远。向前，向前，向前进展。复旦复旦旦复旦，日月光华同灿烂。

复旦复旦旦复旦，沪滨屹立东南冠。作育国士恢廓学风，震欧铄美声名满。声名满，前程远。向前，向前，向前进展。复旦复旦旦复旦，日月光华同灿烂。

1925 年作。选自介子平著《民国文事》，北岳文艺出版社，2015 年，第 48 ~ 49 页。

静夜

刘大白 词

懵懂，梦里魂飞无定，有梦也何如醒！一窗月色，几痕花影，满屋萧寥四边静。呀，幽凄无比，画也难成，梦境也难比并。过了三更又四更，远远鸡叫声，被它破清境。

选自晨枫主编《百年中国歌词博览》，安徽文艺出版社，2011 年，第 32 页。

布谷

刘大白 词

布谷！布谷！朝催夜促。春天不布，秋天不熟。
布谷！布谷！朝求夜祝。春布一升，秋收十斛。
布谷！布谷！朝忙夜碌。农夫忙碌，田主福禄。口主吃肉，农夫吃粥。

选自北京大学、北京师范大学、北京师范学院中文系中国现代文学教研室主编《新诗选》（第一册），上海教育出版社，1979 年，第 184 页。

卖布谣

刘大白 词，赵元任 曲

嫂嫂织布，哥哥卖布。卖布买米，有饭落肚。嫂嫂织布，哥哥卖布。弟弟裤破，没布补裤。嫂嫂织布，哥哥卖布。是谁买布，前村财主。土布粗，洋布细。洋布便宜，财主欢喜。土布没人要，饿倒哥哥嫂嫂！

作于 1922 年，初刊于 1928 年《新诗歌集》中。选自刘佳声编著《二十世纪中国歌曲史编》上册（1900 ~ 1949），内蒙古少年儿童出版社，2000 年，第 52 页。

龙毓麟

老鸦

龙毓麟 词

老鸦老鸦对我叫，老鸦真正孝。老鸦老了不能飞，对着小鸦啼。

小鸦朝朝打食归，打食归来先喂母，自己不吃犹是可，母亲从前喂过我。

选自曾志忞编《教育唱歌集》（订正四版），1905 年，第 3 页。

曾志忞

曾志忞（1879 ~ 1929），号泽民，又号泽霖，上海人。曾赴日留学，参加沈心工发起组织的"音乐讲习会"，是我国近现代新音乐启蒙时代"学堂乐歌"时期的音乐活动家，也是我国近现代音乐史上最早的音乐理论家之一，尝试创办近现代音乐学校的先行者和少年音乐教育事业的先驱。

海战

曾志忞 词，佚名 曲

白浪排空云霭淡，数艘皇军舰。开足快轮就要战，全军气衔枚。煌煌军令令旗升，排作长蛇阵。先锋冲突向敌舰，如入无人境。

轰轰大炮烟焰腾，酣战海神惊。一霎间风平浪静，四海庆升平。敌船沉没敌将逃，万岁呼声高。将士归来人钦敬，腰挂九龙刀。

原载江苏同乡会编印、东京出版的《江苏》杂志，1903 年第 7 期。选自曾志忞编《教育唱歌集》（订正四版），1905 年，第 32 ~ 33 页。

新年

曾志忞 词

转瞬又新正，万象忽回春，更新除旧好光阴。恭喜恭喜祝前程，祝吾少
年人，日新又日新。

爆竹一声高，锣鼓更喧哗，好似凯旋刚报到。恭喜恭喜贺同胞，愿文明
进步，扶得江山好。

选自曾志忞编《教育唱歌集》（订正四版），1905 年，第 21 页。

纸鸢

曾志忞 词

青云直上路迢迢，吾在云端何逍遥？世界繁华都在目，春风但愿不
停飘。

来也轻轻去也轻，全凭一线系深深。莫教微雨当头下，纸做衣裳竹做身。

选自曾志忞编《教育唱歌集》（订正四版），1905 年，第 31 页。

黄菊

曾志忞 词

黄种岂输白种强，秋风篱落斗斜阳。傲霜自有傲霜骨，不以娇妍论短长。

就荒三径有寒松，人未归来月影重。独立秋容留晚节，色香俱化有无中。

选自曾志忞编《教育唱歌集》（订正四版），1905 年，第 43 页。

杨花

曾志忞 词

看一湾流水小红桥，东风两岸飘飘。一朵朵无心高下舞，惹得来人停步。今日何日，还我自由，分明唤醒少年回首。

莫学癫狂柳絮，斜阳如矢，片刻不留。不久暮云将高高出岫，不久长亭旧友分手，唤声杨花走。

选自曾志忞编《教育唱歌集》（订正四版），1905年，第57页。

佚名

年假

佚名 词

岁月去如流，又是残冬风雪候，去年今日仍如旧。自问进步否？愿明年开学相期不落他人后。日月不可留，莫把青年等闲负。

同志最难求，同学经年相契厚。今朝劳燕暂分投，临歧不要愁。愿明年开学相期齐到无先后。日月不可留，莫把青年等闲负。

选自曾志忞编《教育唱歌集》（订正四版），1905年，第41页。

吉音

我国

吉音 词

江山如画中原地，不尽登临泪。人未醒时天亦醉，卧榻人鼾睡。苦雨凄风铺面来，梦断升平事。那堪红日又东升，长竿投厚饵。

地广人稠天产富，伊谁能念国。大厦将倾一木支，蝼蚁难为力。薄雾昏云昼夜同，不辨天南北。愿君慷慨渡江行，中流休太息。

选自辛汉编著《中学唱歌集》，上海普及书局，1906 年，第 4 页。

避暑

吉音 词

间庭内紫藤花左，骄阳不下披襟坐。夏假归重温书卷，我辈青年休懒惰。池上莲枝作花朵，窗前深绿红榴火。良辰容易谢人归，莫便寻常过。

前溪曲晚泛轻舟，凉飙吹出云间月。橹声柔天宇澄清，高树鸣蝉犹未歇。浅水无波鱼可数，远山如画云为骨。商量学业未全荒，愿君同黾勉。

选自辛汉编著《中学唱歌集》，上海普及书局，1906 年，第 36 页。

桂轩

惜春归

桂轩 词

子规啼血三春暮，春去原无路。无端花落怨东风，寂寞庭空处，好景从来不久留，逝水光阴度。劝君惜取少年时，毋使青春负。

选自沈庆鸿编纂《民国唱歌集》（第一编），商务印书馆，1913 年，第 45 页。

佚名

松

佚名 词

美我此古松，树又大根又深，上面松针，密密层层，有数亩浓阴。拦住阳光，荫庇行人，听风起涛鸣。如一曲高山流水，泠泠七弦琴。

选自沈庆鸿编纂《民国唱歌集》（第一编），商务印书馆，1913年，第49页。

小猫

佚名 词

红丝一缕系金铃，虽小也令鼠子惊。偶然抱汝爱汝驯，叫汝阿虎闻不闻。

捕雀弄蝶捉蜻蜓，跑跳盘旋体态轻。窗前树下弄华阴，见影闻声格外灵。

选自沈庆鸿编纂《民国唱歌集》（第一编），商务印书馆，1913年，第55页。

观渔

佚名 词

一弯流水送斜阳，人归野渡忙。渔妇渔子何安康，拣取螺与蚌。大鱼条条卖市上，小鱼自家尝。临渊徒羡意彷徨，何如退结网。

选自沈庆鸿编纂《民国唱歌集》（第一编），商务印书馆，1913年，第59页。

鸡声

佚名 词

万户沉沉睡正酣，曙色未透幕。喔喔喔，喔喔喔，日日喂汝半升谷，催我早起好上学。预先要栉沐，醒眼看朝旭。

严冬拥被怕起早，春眠不觉晓。风潇潇，雨潇潇，君试听晨鸡高叫，唤普天下睡梦觉。道东方白了，莫虚度今朝。

选自沈庆鸿编纂《民国唱歌集》（第一编），商务印书馆，1913年，第61页。

入世箴

佚名 词

交友以面不以心，不如不相见；交友以心不以面，何必长相见？论事以识不以才，空论原无益；办事以才兼以识，相需方获益。

选自沈庆鸿编纂《民国唱歌集》（第二编），商务印书馆，1913 年，第 58 页。

座右铭

佚名 词

勤学好问入德基，跬步不已致千里。人生入世犹行路，半途而辍毋乃非。

自信太过徒长骄，多疑无成亦何补。磨砻知识好砭愚，莫但侈口作远图。

立定志向如射鹄，言行相违问心口。利欲关头君知否？慎弗冠裳似沐猴。

选自沈庆鸿编纂《民国唱歌集》（第二编），商务印书馆，1913 年，第 60 页。

萤火

佚名 词

斜风凉月，落疏星，罗扇兜来数点。

花阴宿鸟，草际吟蛩，纤小可能照见。

无端飞上，鬓云丝，忽地窥人一闪。

那堪历史，话隋炀，衰草荒烟萤苑。

选自沈庆鸿编纂《民国唱歌集》（第三编），商务印书馆，1913 年，第 29 页。

方殷

方殷（1913～1982），河北雄县人，原名常钟元，笔名芳茵。1935年毕业于北平中国大学。曾任山西临汾民族革命大学教师，重庆中华全国文艺界抗敌活动协会诗歌组长，北京人民文学出版社编辑等。

大麦黄

方殷 词，胡敬熙 曲

四月大麦遍地黄，微风吹过喷鼻香。麦浪摇，镰刀响，田野里，收割忙。车轮滚滚转运去，收得军粮装满仓。

选自社会部社会福利司编《儿童歌曲选集》，1943年，第41页。

稚明

绿色的郊野

稚明 词

啊，那绿色的郊野！上有蔚蓝的天，下有芳草芊绵；紫燕是飞在空中，白鹭是歇在水边。啊，让我去和他们做伴侣吧，我也要在那自然的怀抱中流连！

选自陈啸空编《儿童新歌曲：黄棉袄》，1947年，第8页。

素心

云

素心 词

花儿受了雨点的滋润，便开得格外美丽；江河受了雨点的流注，便绿盈盈的涨起。但是那些雨点呵，仍旧把家乡苦苦的惦记！慈悲的太阳，知道了它们的心意。便使它们化作一阵水汽，次第的送回家里。于是它们又在天空中游戏，只见一片的蔚蓝无际！

选自陈啸空编《儿童新歌曲·黄棉袄》，1947年，第10页。

王乾白

王乾白，1933年起任上海明星影片公司编剧，主要作品《民族痛史》《健美之路》《麦夫人》《展览会》《王老虎抢亲》等。

闺怨

王乾白 词，严工上 曲

如花美貌，豆蔻年华，生长在富贵人家。你也赞，他也夸，其实啊，辜负春宵空对月。算来还是命不佳，心事重重哪儿去卜风流卦？只有倚栏杆问明月，谁知明月呀，他也懒恹恹不回答。

《王老虎抢亲》插曲。选自上海歌剧社编《电影新歌集》，国光书店，1940年，第7页。

胡适

胡适（1891～1962），原名嗣穈，学名洪骍，字希疆，笔名胡适，字适之，徽州绩溪人。著名思想家、文学家、哲学家，以倡导"白话文"、领导新文化运动闻名于世。其一生的学术活动主要在文学、哲学、史学、考据学、教育学、红学几个方面，主要著作有《中国哲学史大纲》（上）、《尝试集》、《白话文学史》（上）和《胡适文存》（四集）等。

希望

胡适 词

我从山中来，带着兰花草；种在小园中，希望花开好。一日望三回，望到花时过；急坏看花人，苞也无一个。眼见秋天到，移兰入暖房。朝朝频顾

惜，夜夜不能忘。但愿花开早，能将宿愿偿。满庭花簇簇，添得许多香。

选自陈丽梅编《60 后经典歌曲典藏》，百花文艺出版社，2016 年，第 60 页。

也是微云

胡适 词

也是微云，也是微云过后月光明。只不见去年得游伴，也没有当日的心情。不愿勾起相思，不敢出门看月。偏偏月进窗来，害我相思一夜。

选自刘以光著《中国歌词简史》，厦门大学出版社，2008 年，第 39 页。

生查子

胡适 词，赵元任 曲

也想不相思，可免相思苦。几次细思量，情愿相思苦！

作于 1919 年 6 月 28 日，选自赵元任著《赵元任全集》（第 11 卷），商务印书馆，2005 年，第 20～21 页。

梦与诗

胡适 词，张弼 曲

都是平常经验，都是平常影象，偶然涌到梦中来，变幻出多少新奇花样！
都是平常情感，都是平常言语，偶然碰着个诗人，变幻出多少新奇诗句！
醉过才知酒浓，爱过才知情重，你不能做我的诗，正如我不能做你的梦。

作于 1920 年 10 月 10 日。选自胡适著《胡适经典作品·尝试集》，云南人民出版社，2014 年，第 29 页。

上山

胡适 词

"努力，努力，努力望上跑！"我头也不回，汗也不揩，拼命地爬上山去。"半山了，努力，努力望上跑！"上面已没有路，我手攀着石上的青藤，脚尖抵住岩石缝里的小树，一步一步地爬上山去。"小心点！努力！努力望上跑！"树桩扯破了我的衫袖，荆棘刺伤了我的双手，我好容易打开了一线路爬上山去。上面果然是平坦的路，有好看的野花，有遮阴的老树。但是我可倦了，衣服都被汗湿遍了，两条腿都软了。我在树下睡倒，闻着那扑鼻的草香，便昏昏沉沉的睡了一觉。睡醒来时，天已黑了，路已行不得了，"努力"的喊声也灭了。猛省！猛省！我且坐到天明，明天绝早跑上最高峰，去看那日出的奇景！

原载于 1919 年 12 月 1 日《新潮》第 2 卷第 2 号，后收入《尝试集》。选自陈鹤琴编《分年儿童诗歌》（下册），海豚出版社，2014 年，第 68 ~ 70 页。

黄静源

黄静源（1900 ~ 1925），字家足，号执谦，原籍湖南省郴县。早年就读于湖南衡阳第三师范学校。1919 年，与蒋光云等一起组织成立湖南学生联合会，为负责人之一，并参加由毛泽东发动和领导的湖南"驱张"运动。1921 年冬加入中国共产党。湖南三师学生支部成立，是最早的学生党员之一。

劳工歌

黄静源 词

创造世界一切的，惟我劳工。被人侮辱压迫的，惟我劳工。世界兮，我们当创造。压迫兮，我们须解除。造世界兮，除压迫，团结我劳工。

又称为《安源路矿工人俱乐部部歌》，原载于 1925 年 12 月 30 日的《工人之路特号》。选自雍桂良主编《中国爱国诗词大词典》，时代文艺出版社，1991 年，第 199 ~ 200 页。

刘半农

刘半农（1891～1934），原名寿彭，后名复，初字半侬，后改半农，晚号曲庵，江苏江阴人。中国新文化运动先驱，文学家、语言学家和教育家。主要作品有诗集《扬鞭集》《瓦釜集》和《半农杂文》。

听雨

刘半农 词，赵元任 曲

我来此地将半年，今日初听一宵雨。若移此雨在江南，故园新笋添几许。

选自晨枫主编《百年中国歌词博览》，安徽文艺出版社，2011年，第35页。

教我如何不想她

刘半农 词，赵元任 曲

天上飘着些微云，地上吹着些微风。啊！微风吹动了我头发，教我如何不想她？

月光恋爱着海洋，海洋恋爱着月光。啊！这般蜜也似的银夜，教我如何不想她？

水面落花慢慢流，水底鱼儿慢慢游。啊！燕子你说些什么话？教我如何不想她？

枯树在冷风里摇，野火在暮色中烧。啊！西天还有些儿残霞，教我如何不想她？

一九二〇年八月六日，伦敦

1926年，著名语言学家赵元任为其谱曲，初刊于1928年出版的《新歌诗集》中。选自刘佳声编著《二十世纪中国歌曲史编》上册（1900～1949），内蒙古少年儿童出版社，2000年，第79～82页。

呜呼三月一十八

刘半农 词，赵元任 曲

呜呼！三月一十八，北京杀人如乱麻！民贼大肆毒辣手，半天黄尘翻血花！晚来城郭啼寒鸦，悲风带雪吹呀呀，地流赤血成血洼！死者血中躺，伤者血中爬！呜呼！三月一十八，北京杀人乱如麻！

养官本是为卫国，谁知化作豺与蛇！民贼大试毒辣手，高标廉价卖中华！甘拜异种作爹妈！愿枭其首籍其家！死者今已矣，生者肯放他？呜呼！三月一十八！北京杀人如乱麻！

惨案发生后，英国《泰晤士报》称这次事件是"兽性"的"惊人惨案"。中国知识分子和媒体纷纷谴责暴行。刘半农作词、赵元任谱曲的哀歌唱遍京城。原载《音乐杂志》第1卷第5号，1929年1月5日。

黎锦晖

黎锦晖（1891～1967），湖南湘潭人，"黎氏八骏"之一。中国流行音乐的奠基人。自幼学习古琴和弹拨乐器，家乡民间音乐和当地流行的湘剧、花鼓戏、汉剧等戏剧音乐对他影响至深。1927年，他创办了"中华歌舞学校"，后又组建"中华歌舞团"。1929年组织"明月歌舞团"，并到全国各地巡回演出。1931年，"明月歌舞团"并入联华影业公司。1949年后，他在上海美术电影制片厂担任作曲。

毛毛雨

黎锦晖 词

毛毛雨，下个不停。微微风，吹个不停。微风细雨柳青青。哎哟哟，柳青青。小亲亲，不要你的金。小亲亲，不要你的银。奴奴呀只要你的心。哎哟哟，你的心。毛毛雨不要尽为难，微微风不要尽麻烦，雨打风吹行路难。哎哟哟，行路难。年轻的郎，太阳刚出山，年轻的姐，荷花刚展瓣，莫等花残日落山。哎哟哟，日落山。

毛毛雨，打湿了尘埃。微微风，吹冷了情怀。雨息风停你要来。哎哟哟，你要来。心难耐等等也不来，意难捱再等也不来，又不忍埋怨我的爱。哎哟哟，我的爱。毛毛雨打得我泪满腮，微微风吹得我不敢把头抬。狂风暴雨怎么安排。哎哟哟，怎么安排？莫不是有事走不开，莫不是生了病和灾，猛抬头走进我的好人来。哎哟哟，好人来。

作于1927年。选自晨枫主编《百年中国歌词博览》，安徽文艺出版社，2011年，第43～43页。

桃花江

黎锦晖　词曲

（男）我听得人家说，

（白）说什么？桃花江是美人窝，桃花千万朵呀，比不上美人多。

（白）不错呀！果然不错，我每天都到那桃花林里头坐，来来往往我都看见过。

（白）全都好看吗？好！那身材瘦一点儿的，偏偏瘦的那么好。

（白）怎么样好哇？全是伶伶俐俐小小巧巧，娉娉袅袅多媚多娇。

（白）那些肥点儿的呢？那个肥点儿的，肥的多么称多么匀，多么俊俏多么润！

（女）啊哈，你爱了瘦的娇，你丢了肥的俏。你爱了肥的俏，你丢了瘦的娇。你到底怎么样的选，你怎么样的挑？

（男）我也不爱瘦，我也不爱肥，我要爱一位，就像你这样美。哎呦，不瘦也不肥，和你成婚配。

（女）好，桃花江是美人窝，你不爱旁人，就只爱了我。

（男）好，桃花江是美人窝，你比那旁人美得多。

（合）好，桃花江是美人窝，桃花千万朵，比不上美人多！

（男）我听得人家道，

（白）道什么？桃花江是美人巢，桃花颜色好呀，比不上美人娇。

（白）真好呀！果然美妙！我每天躲在那桃花林里瞧，来来往往可不知有多少。

（白）有人介绍吗？有，今天认识了一队。明天认识了一帮。

（白）怎么办呢？每天成群结队笑笑谈谈，游游玩玩，无牵无绊。

（白）谁最中意呢？自从认识了你，立刻中意了你，我称了心，我生了怜爱，动了情！

（女）啊哈，我在那右边走，你在那左边行。我在那前面行，你在那后面跟。我看你准是爱了我，你准是动了情。

（男）我也不知道，我也不明了。我一看见你，灵魂天上飘。爱情火样烧，全身融化了。

（女）好！桃花江是美人巢，我不是美人，你也爱上了。

（男）好！桃花江是美人巢，爱你比那些美人好。

（合）桃花江是美人巢，桃花颜色好，比不上美人娇。

选自晨枫主编《百年中国歌词博览》，安徽文艺出版社，2011年，第45～47页。

寒衣曲

黎锦晖 词

寒风习习，冷雨凄凄，鸟雀无声人寂寂。织成软布，斟酌剪寒衣。母亲心里母亲心里，想起娇儿没有归期。细寻思，小小年纪，远别离。离开父，离开母，离开兄弟姊妹们，独自行千里。难记难记，腰围粗细，身段高低，尺寸无凭难算计。望着针线空着急，望着那剪刀无凭依。望着那针儿只好叹息，望着那线儿没有主意，没有主意。记起记起，哥哥前年有件衣，比比弟弟。

寒歌声声，笑语殷殷。课罢欢娱还未尽，绿衣人来送到包和信。仔细看清仔细看清，看罢家书好不开心。是母亲，亲做的寒衣，寄远人，一千针，一万针，千针万针密密缝，穿来暖又轻。对镜对镜，不短不长，不宽不紧，新衣恰好合儿身。穿起了新衣不离身，穿起了新衣记起人，记起了人来眼泪淋淋，记起了人来不能亲近，不能亲近。亲近亲近，且把新衣比母亲，亲亲母亲。

选自晨枫主编《百年中国歌词博览》，安徽文艺出版社，2011年，第39～40页。

月明之夜

黎锦晖 词曲

云儿飘，星儿耀耀。海！早息了风潮。声儿静，夜儿悄悄。爱奏乐的虫，爱唱歌的鸟，爱说话的人，都一齐睡着了。待我细细的观瞧，趁此夜深人静时，撒下些快乐的材料。

鼾儿起，梦儿迢迢。人，都含着微笑。嘴儿开，心儿跳跳。疼爱你的人，佩服你的人，帮助你的人，都一齐入梦了。大家好好的睡觉，不要等到梦醒时，失掉了甜美的欢笑。

作于 1923 年。选自中国音乐编辑部编《中国名歌 222 首》，中国文联出版公司，1984 年，第 9 ~ 10 页。

总理纪念歌

黎锦晖 词曲

我们总理，首创革命，革命血如花。推翻了专制，建设了共和，产生了民主中华。民国新成，国事如麻，总理详加计划，重新改革中华。

三民主义，五权宪法，真理细推求。一世的辛劳，半生的奔走，为国家牺牲奋斗。总理精神，永垂不朽。如同青天白日，千秋万代长留。

民生凋敝，国步艰难，祸患犹未已。莫散了团体，休灰了志气，大家要互相勉励。总理遗言，不要忘记，革命尚未成功，同志仍须努力。

编入黎锦晖的《大众音乐课本》中。1925 年 3 月 12 日，孙中山先生病逝于北京，厝于香山碧云寺。消息传开，举国悲伤。作为老同盟会员的黎锦晖悲痛万分，连夜写下《总理纪念歌》。

准备起来

黎锦晖 词曲

灭亡的祸，危急的灾，火样在燃烧！退让方法，和平思想，已经全无效。快快救国，全靠自己。抵抗要趁早，四万万人，亲爱同胞，一齐团结好。雪耻的心，报仇的志，永远记得牢。擦我的枪，磨我的刀，同把我国保！磨我的刀，擦我的枪，准备上战场！大难临头，快快提防，努力救危亡。大众一心，同赴国难，整队往前闯！踏破敌营，杀尽敌人，恢复我边疆。报我的仇，雪我的恨，鼓勇上沙场。拼我的命，流我的血，增我民族光！

作于 1937 年，选自刘佳声编著《二十世纪中国歌曲史编》上册（1900 ~ 1949），内蒙古少年儿童出版社，2000 年，第 241 页。

郭沫若

郭沫若（1892～1978），幼名文豹，原名开贞，字鼎堂，号尚武，是中国新诗的奠基人之一、中国历史剧的开创者之一、古文字学家、考古学家、社会活动家。早年赴日本留学，后接受斯宾诺沙、惠特曼等人思想，决心弃医从文。与成仿吾、郁达夫等组织"创造社"，积极从事新文学运动。该时期代表作诗集《女神》充分反映了"五四"时代精神，在中国文学史上开拓了新一代诗风，是当代最优秀的革命浪漫主义诗作。1923年后系统学习马克思主义理论，提倡无产阶级文学。1926年参加北伐，任国民革命军政治部副主任。1927年蒋介石清党后，参加了中国共产党领导的南昌起义。有《郭沫若全集》38卷。

湘累

郭沫若 词，陈啸空 曲

泪珠要流尽了，爱人呀！还不回来呀！我们从春望到秋，从秋望到夏，望得海枯石烂了。爱人呀！还不回来呀！我们为了他，泪珠儿要流尽了；我们为了他，寸心要破碎了。爱人呀！还不回来呀？层层绕着的九嶷山上的白云呀！微微波着的洞庭湖中的流水呀！你们知不知道他，知不知道他的所在呀？呀！九嶷山上的白云有聚有消，洞庭湖中的流水有汐有潮，我们心中的愁云呀！我们眼中的泪涛！永远不能消，永远只是潮。太阳照着洞庭波，我们魂儿战栗不敢歌。待到日西斜，起看篁中昨宵泪，已经开了花。啊！爱人呀！泪花儿怕要开谢了，你还不回来呀？

作于1924年。1934年明星影业拍摄电影《女儿经》即以此歌为电影插曲。选自汪毓和编著《中国近现代音乐史教学参考资料》，世界图书出版西安公司，2000年，第112页。

第二十一兵工厂厂歌

郭沫若 词

战以止战，兵以弭兵，正义的剑是为保卫和平。创造犀利的武器，争取国防的安宁，光荣的历史肇自金陵。勤俭求知，廉洁公正，迎头赶上，尽我智能，工作是不断的竞争。我们有骨肉般的友爱，我们有金石般的至诚。我们有熔炉般的热烈，我们有钢铁般的坚韧。量欲其富，质欲其精。同志们！猛进！猛进！同志们！猛进！猛进！

作于 1939 年。选自国营长安机器制造厂、重庆江北区政协文史资料研究委员会编《江北区文史资料》第 7 辑《长安之路》，1992 年，第 133 页。

陶行知

陶行知（1891～1946），安徽省徽州歙县人，祖籍绍兴。中国人民教育家、思想家、伟大的民主主义战士，爱国者，中国人民救国会和中国民主同盟的主要领导人之一。曾任南京高等师范学校教务主任，中华教育改进社总干事。先后创办晓庄学校、生活教育社、育才学校和社会大学等。提出了"生活即教育""社会即学校""教学做合一"三大主张，生活教育理论是陶行知教育思想的理论核心。著有《中国教育改造》《古庙敲钟录》《斋夫自由谈》《行知书信》《行知诗歌集》等。

自立歌

陶行知 词，赵元任 曲

一

滴自己的汗，吃自己的饭，自己的事自己干，自己的事自己干。靠人靠天靠祖上，不算是好汉！

二

滴自己的汗，吃自己的饭，别人的事我帮忙干，别人的事我帮忙干。不救苦来不救难，可算是好汉？

三

滴大众的汗，吃大众的饭，大众的事不肯干，大众的事不肯干。架子摆成老爷样，可算是好汉？

四

大众滴了汗，大众得吃饭，大众的事大众干，大众的事大众干。若想一个人包办，不算是好汉。

作于 1927 年，是陶行知先生创办晓庄学校时所写的歌词，1927 年 6 月赵元任谱曲而成。选自刘佳声编著《二十世纪中国歌曲史编（1900～1949）》上册，内蒙古少年儿童出版社，2000 年，第 87～88 页。

农夫歌

陶行知 词，河北民歌调

穿的树皮衣，吃的草根饭。背上背着没卖掉的孩子，饿煞喊爹爹。牵着牛大哥，去耕别人田。太阳晒在背，心里如油煎。九折三分驼利纳粮钱。良民变成匪，问在何处申冤？人面蝗虫飞满天。飞满天！无有农夫谁能活天地间？

《农夫歌》是 1931 年陶行知先生根据河北民间流传的民歌调填词形成的一首歌谣。选自刘佳声编著《二十世纪中国歌曲史编（1900～1949）》上册，内蒙古少年儿童出版社，2000年，第 112～113 页。

易韦斋

易韦斋（1874～1941），号"大庵居士"，广东鹤山人，歌词作家。擅长诗歌、书画和篆刻。早年求学于广雅书院，从朱一新、廖廷相治朴学，后留学日本习师范，回国后在北平高等师范、北大音乐传习所、上海国立音乐学校、暨南大学等校任教。1927 年担任上海国立音专的文学和诗歌教师，其间与萧友梅合作撰写了大量的歌词。

问

易韦斋 词，萧友梅 曲

你知道你是谁？你知道华年如水？你知道秋声添得几分憔悴？垂！垂！垂！垂！你知道今日的江山，有多少凄惶的泪？你想想啊：对、对、对。

你知道你是谁？你知道人生如蕊？你知道秋花开得为何沉醉？吹！吹！吹！吹！你知道尘世的波澜，有几种温良的类？你讲讲啊：脆、脆、脆。

创作于 1921 年，初刊于 1922 年出版的萧氏歌曲集《今乐初集》。选自刘佳声编著《二十世纪中国歌曲史编（1900～1949）》上册，内蒙古少年儿童出版社，2000 年，第 50 页。

杨花

易韦斋 词，萧友梅 曲

啊，庭院深深！啊，庭院深深！啊，杏先桃后，一列绿森森！啊，柳昏花暝！尽日昼阴阴！啊，人意悄悄！啊，人意悄悄！啊，东风起了！如浪絮骎骎！啊，池塘水满！萍影淡沉沉！啊啊啊啊！偏反的燕儿双，忙，忙，忙，浮沉的鱼儿悚，撞，撞，撞。啊！最撩乱的叶冶条倡！容易扫去的柳暗红藏，似你这一阵阵的轻薄！萧疏！也值得如此飘零！如此猖狂！啊！年年有这样的春城，便年年有这样的飞花！试问绵多影密，岸老苔荒，这一片好园林！主人何处也？啊，啊，啊！

创作于 1929 年。选自孟欣主编《同一首歌——三四十年代经典歌曲 100 首》，现代出版社，2005 年，第 8 ~ 9 页。

踏歌

易韦斋 词，萧友梅 曲

华灯晶莹，我精神付汝光明。重帘广庭，我姿仪要汝和平。你听，窗前秋声。你听，台边瑶笙。咦，都是我友朋，都是我友朋，今夕，今夕，云胡不乐？而想象未来凄淡的人生。看看呵，盈盈！看看呵，亭亭！汝有光明，是汝灿烂的青星。汝有和平，是汝坚固的长城。你听，歌音自轻。你听，琴心至诚实。咦，都是我弟兄，都是我弟兄。今夕，今夕，孔嘉其乐，而鼓舞永久爱慕的人情。记着呵！叮咛！念着呵，娉婷！

选自人民音乐出版社编辑部编《五月的鲜花：五四以来歌曲选》，人民音乐出版社，1980 年 7 月，第 3 ~ 4 页。

晨歌

易韦斋 词，萧友梅 曲

苍润的黎明，在：最蜜的繁露如珠颗颗晶！映照出新梦初回一段醒，心光乍来复，莹！莹！要唤起髫年夜气清！

聪嫩的黎明，在：至碎的娇鸟能歌点点清！牵引出幽兴深藏一瓣馨，眼波渐微动，盈！盈！要写人间乐意声！

选自里予编《名歌大观——中外歌曲精品选》，海峡文艺出版社，1992 年，第 26 页。

星空

易韦斋 词，萧友梅 曲

星光澄澈，色明如雪。青年美质，皎洁！皎洁！黄尘飞不到，长空万里，点点寒芒不灭！这是人生无数的灿烂小明月！云似罗兮秋高！风如剪兮萧骚！候虫警露兮一号！皓鹤惊霜兮九皋！同在这"星空"之下兮普照！伴着我人生的愉快兮光耀！"星空"呵！你就是吾曹心灵中的小明月兮，"晶湛"！而"微妙"！

发表于 1925 年，载《新学制唱歌教科书》第三集，商务印书馆，1925 年。选自汪毓和编著《中国近现代音乐史教学参考资料》，世界图书出版西安公司，2000 年，第 54 ～ 55 页。

欢

易韦斋 词，萧友梅 曲

沉沉大地黯未明，仁之人，锡余以朝阳。寒乎？裘裳！馁乎？膏粱！输吾群至诚心，迎爱之光，迎爱之光！

舒学之蕊，为繁花之香。浩智之海，为生命之乡。采乎？芬芳！受乎？汪洋！奉皎然至敬心，长毋相忘！长毋相忘！

选自易书斋作词，萧友梅作曲《今乐初集》，商务印书馆，1922 年，第 38 页。

植树节

易韦斋 词，萧友梅 曲

新绿：摇曳如烟，未能黄尚知闲舞，总盼柔条隔芳渚。似修蛾眉妩，点到平峦，翠微无尽处，真比青青年少教人护！

微阳：晴破层岚，军田塍软红成雾，暖到游裾触蜂语。指松阴小圃，几处人家，晒衣银杏树，可算行春未把春光负！

轻风：驰道无埃，燕双双侧身高举，只有垂杨拂金缕。任蒙头素帕，刺住藤尖，漫将游兴误，写出郊原一幅春嬉谱！

浅草：泥恋雏芽，正葱葱细披沿路，此意翛然绝尘土。问生机谁主，一片蘼芜，爱怀犹自赋，剩有深深情绪何曾露！

选自易韦斋作词，萧友梅作曲《今乐初集》，商务印书馆，1922 年，第 39 页。

燕·蝶

易韦斋 词，萧友梅 曲

暖烘烘，一片春光；袅濛濛，万缕垂杨；看匆匆，燕子一双双。你来也忙忙，去也忙忙，浑不管杏花红出墙，又不问这是谁家新画梁。你草衔得芳，泥啄得香，只办到你巢成，且莫理会西风怎样！

碧翁翁，春草池塘；密丛丛，野菜花黄；看憧憧，蛱蝶一双双。你飞也洋洋，立也洋洋，时一顾怜娃群采桑，又一顾几处农家新插秧。你翅开得扬，粉晒得光，但记得你丝成，始有今日翩翩模样！

选自易韦斋作词，萧友梅作曲《今乐初集》，商务印书馆，1922 年，第 40 页。

农计

易韦斋 词，萧友梅 曲

今岁农家得好春，原田每每，南亩北亩均。今试问：晴量了几旬？两课了几分？披蓑，荷锄，日月几许劳耕耘？汝足胡妍手胡皲？夏热何如秋暑焚？今更问：芃芃黍苗，秀颖何其迅？禾麦油油，垂实何其俊？北风渐紧获渐近，家家能否千斯仓，万斯国？果令好春敬谢天地仁！虽劳不敢辞辛苦，此生长愿为农民。反问：吾侪修学，今岁收获，统计之数可得闻？

选自易韦斋作词，萧友梅作曲《今乐初集》，商务印书馆，1922年，第43页。

女子自觉

易韦斋 词，萧友梅 曲

正大的欲望，汝不自求，谁投？学以致用，汝不修，谁代谋？何为巾帼？何为钗裙？汝聪明思想，一样的油油！智囿者鲁，生活能力不自就，差差！温柔者窳，社会服务不任受，休休！何为尚德？何为爱群？汝精神时日，一向的悠悠！今而后，命吾侪，结同仇，宏远猷！吾劳吾力如锄忧，吾救吾国非戈矛。敬告我众为此讴：誓令人生共矢经济独立争自由！

选自易韦斋作词，萧友梅作曲《今乐初集》，商务印书馆，1922年，第49页。

范烟桥

范烟桥（1894～1967），乳名爱莲，学名镛，字味韶，号烟桥，别署含凉生、鸥夷室主、万年桥、愁城侠客，吴江同里人。多才多艺，小说、电影、诗、小品文、猜谜、弹词无不通谙，善书画、工行草、写扇册、绘画等，是红极一时的"江南才子"。一生著述颇丰，有《烟丝》《中国小说史》《范烟桥说集》《吴江县乡土志》《唐伯虎的故事》《鸥夷室杂缀》《林氏之杰》《苏州景物事辑》等。

月圆花好

范烟桥 词

浮云散，明月照人来，团圆美满，今朝最。清浅池塘，鸳鸯戏水，红裳翠盖，并蒂莲开。双双对对，恩恩爱爱。这园风儿向着好花吹，柔情蜜意满人间。

选自《中外名歌》，上海音乐出版社，2014 年，第 33 页。

解语花

范烟桥 词

春风时雨，孕育奇英。芳香美丽，冰雪聪明。得意时添欢喜，失意时感愁闷。相对无言也动人，你是个爱之神。解语花，花解语。我为你灌溉费尽了心，你能解语可会解得我的一往情深。解语花，花解语。花的美丽，哪有你雅淡。花的芳香，哪有你幽静。你是玲珑剔透，更是活泼天真。相对无言也动人，你是个花之魂。解语花，花解语。我为你灌溉费尽了心，你能解语可会解得我的一往情深。解语花，花解语。

选自晨枫主编《百年中国歌词博览》，安徽文艺出版社，2011 年，第 54～55 页。

夜上海

范烟桥 词，林牧 曲

夜上海，夜上海，你是个不夜城。华灯起，乐声响，歌舞升平。只见她，笑脸迎，谁知她内心苦闷。夜生活，都为了，衣食住行。酒不醉人人自醉，胡天胡地蹉跎了青春。晓色朦胧，倦眼惺忪。大家归去，心灵儿随着转动的车轮。换一换新天地，别有一个新环境。回味着，夜生活，如梦初。

选自陈缨、符辉选编《百唱不厌中老年爱唱的歌》，四川文艺出版社，第 72～73 页。

花样的年华

范烟桥 词，陈歌辛 曲

花样的年华，月样的精神，冰雪样的聪明。美丽的生活，多情的眷属，圆满的家庭。蓦地里，这孤岛笼罩着惨雾愁云，惨雾愁云。啊，可爱的祖国，几时我能够投进你的怀抱。能见那雾消云散，重见你放出光明，花样的年华，月样的精神。

选自谢梦珂编《最爱夕阳红——中老年喜爱的歌曲200首》，安徽文艺出版社，2014年，第35页。

插秧忙

范烟桥 词

插秧忙，一行又一行，整整齐齐一样长。到秋来，稻花香。

踏车忙，田里水汪汪。得了水儿不怕荒，晒着太阳光。

割稻忙，个个喜洋洋。辛苦年年供食粮，好百姓，在农乡。

选自晨枫主编《百年中国歌词博览》，安徽文艺出版社，2011年，第55～56页。

徐志摩

徐志摩（1897～1931），现代诗人、散文家。原名章垿，字槱森，留学英国时改名志摩。曾经用过的笔名：南湖、诗哲、海谷、谷、大兵、云中鹤、仙鹤、删我、心手、黄狗、谔谔等，新月派代表诗人，新月诗社成员。

偶然

徐志摩 词，李惟宁 曲

我是天空里的一片云，偶尔投影在你的波。你不必诧异，更无须欢喜，在转瞬间消灭了踪影。

你我相逢在黑夜的海上，你有你的，我有我的，方向。你记得也好，最好你忘掉，在这交会时互放的光亮。

我是天空里的一片云，偶尔投影在你的波心。你不必诧异，更无须惊喜，在转瞬间消灭了踪影。

原载于 1925 年 5 月 27 日的《晨报副刊·诗镌》第 9 期。

海韵

徐志摩 词，赵元任 曲

一

"女郎，单身的女郎，你为什么留恋，这黄昏的海边？女郎，回家吧，女郎！""阿不，回家我不回。 我爱这晚风吹！"在沙滩上，在暮霭里，有一个散发的女郎，徘徊，徘徊。

二

"女郎，散发的女郎，你为什么彷徨，在这冷清的海上？女郎，回家吧，女郎！""阿不，你听我唱歌。大海，我唱，你来和。"在星光下，在凉风里，轻荡着少女的清音，高吟，低哦。

三

"女郎，胆大的女郎！那天边扯起了黑幕，这顷刻间有恶风波，女郎，回家吧，女郎！""阿不，你看我凌空舞，学一个海鸥没海波。"在夜色里，在沙滩上，急旋着一个苗条的身影，婆娑，婆娑。

四

"听呀，那大海的震怒，女郎回家吧，女郎！看呀，那猛兽似的海波，女郎，回家吧，女郎！""阿不，海波他不来吞我，我爱这大海的颠簸！"在潮声里，在波光里，啊，一个慌张的少女在海沫里，蹉跎，蹉跎。

五

"女郎，在哪里，女郎？在哪里，你嘹亮的歌声？在哪里，你窈窕的身影？在哪里，啊，勇敢的女郎？"黑夜吞没了星辉，这海边再没有光芒。海潮没了沙滩，沙滩上再不见女郎，再不见女郎！

作于 1927 年，初刊于 1928 年出版的《新诗歌集》。收入徐志摩诗集《翡冷翠的一夜》第 2 集，有大的改动。选自周媛媛编著《中国合唱作品精选》，广西师范大学出版社，2014 年，第 121~128 页。

山中

徐志摩 词，陈田鹤 曲

庭院是一片静，听市谣围抱；织成一地松影——看当头月好！不知今夜山中，是何等光景；想也有月有松，有更深的静。我想攀附月色，化一阵清风，吹醒群松春醉，去山中浮动；吹下一针新碧，掉在你窗前；轻柔如同叹息——不惊你安眠！

原诗载入徐志摩《猛虎集》。选自莫纪纲、顾平、俞子正、郭彪编《声乐考级曲集·美声卷》（第 2 版），上海音乐出版社，2003 年，第 66 页。

雷峰塔影

徐志摩 词，贺绿汀 曲

我送你一个雷峰塔影，满天稠密的黑云与白云。我送你一个雷峰塔顶，明月泻影在眠熟的波心。深深的黑夜，依依的塔影。团团的月彩，纤纤的波粼。假如你我荡一只无遮的小艇，假如你我创一个完全的梦境。

此首 1935 年分别由贺绿汀、老志诚谱曲。选自钱乃荣著《上海老唱片（1903~1949）》，上海人民出版社，2014 年，第 386 页。

田汉

田汉（1898～1968），学名寿昌，笔名田汉、陈瑜、伯鸿、汉儿倚声、首甲、绍伯、漱人、陈哲生、明高、嘉陵、张坤等，湖南省长沙县人。剧作家、戏曲作家、电影编剧、小说家、词作家、诗人、文艺批评家、文艺活动家，中国现代戏三大奠基人之一。他是中华人民共和国国歌的词作者。

南归

田汉 词，张曙 曲

模糊的村庄，迎在我面前。礼拜堂塔尖，高耸昂然。依稀还辨得五年前家园，屋顶上飘着寂寞的炊烟。我无所思，也忘记了疲倦，痴痴地伫立在她的门前。耕夫们踏着暮色而来，正当我伫立在她门前。月儿在西山悄悄沉没，又是蛋白色的曙天。我无所思，也忘了疲倦，痴痴地伫立在她的门前。

作于1929年，是独幕剧《南归》的插曲。选自晨枫主编《百年中国歌词博览》，安徽文艺出版社，2011年，第64页。

开矿歌

田汉 词，聂耳 曲

开矿，哎呦呦！开矿，开出黄金黄。我们在流血汗，人家在兜风凉。我们在饿肚皮，人家在餍膏粱。我们终年看不见太阳，人家还嫌水银灯不够亮。我们大家的心要像一道铜墙，我们大家的手要像百炼的钢。我们造出来的幸福，我们大家来享。

作于1933年，是电影《母性之光》的插曲，系第一首工人歌曲。选自晨枫主编《百年中国歌词博览》，安徽文艺出版社，2011年，第65页。

义勇军进行曲

田汉 词，聂耳 曲

起来！不愿做奴隶的人们！把我们的血肉，筑成我们新的长城！中华民族到了最危险的时候，每个人被迫着发出最后的吼声！起来！起来！起来！我们万众一心，冒着敌人的炮火前进！冒着敌人的炮火前进！前进！前进！前进！

作于 1935 年。抗日影片《风云儿女》主题曲。1982 年 12 月，被第五届全国人大第五次全体会议确定为国歌。选自袁行霈主编《诗壮国魂：中国抗日战争诗钞（歌词歌谣）》，中国青年出版社，2015 年，第 16 页。

告别南洋

田汉 词，聂耳 曲

再会吧，南洋！你海波绿，海云长，你是我们的第二故乡。我们民族的血汗，洒遍了这几百个荒凉的岛上。

再会吧，南洋！你椰子肥，豆蔻香，你受着自然的丰富的供养。但在帝国主义的剥削下，千百万被压迫者都闹着饥荒。

再会吧，南洋！你不见尸横着长白山，血流着黑龙江？这是中华民族的存亡！再会吧，南洋！我们要去争取一线光明的希望。

作于 1935 年。选自欢欣编《民族魂——纪念抗战胜利 70 周年红歌选》，江苏文艺出版社，2015 年，第 118 ~ 119 页。

夜半歌声

田汉 词，冼星海 曲

空庭飞着流萤，高台走着狸貓。人儿伴着孤灯，梆儿敲着三更。风凄凄，雨淋淋。花乱落，叶飘零。在这漫漫的黑夜里，谁同我等待着天明？谁同我等待着天明？我形儿是鬼似的狰狞，心儿是铁似的坚贞。我只要一息尚存，誓和那封建的魔王抗争。啊，姑娘，只有你的眼，能看破我的生平。只有你的心，能理解我的衷情。你是天上的月，我是那月边的寒星。你是山上的树，我是那树上的枯藤。你是池中的水，我是那水上的浮萍！不，姑娘，我愿意永做坟墓里的人，埋掉世上的浮名。我愿意学那刑余的史臣，尽写出人间的不平。哦，姑娘啊，天昏昏，地冥冥，用什么来表我的愤怒？惟有那江涛的奔腾。用什么来慰你的寂寞？惟有这夜半歌声，惟有这夜半歌声。

作于 1936 年，是影片《夜半歌声》的插曲。选自刘佳声编著《二十世纪中国歌曲史编（1900 ~ 1949)》上册，内蒙古少年儿童出版社，2000 年，第 205 ~ 208 页。

天涯歌女

田汉 词，贺绿汀 曲

天涯呀海角，觅呀觅知音。小妹妹唱歌郎奏琴，郎呀咱们俩是一条心，哎呀哎呀郎呀咱们俩是一条心。家山呀北望，泪呀泪满襟。小妹妹想郎直到今，郎呀患难之交恩爱深，哎呀哎呀郎呀患难之交恩爱深。人生呀谁不惜呀惜青春。小妹妹似线郎似针，郎呀穿在一起不离分，哎呀哎呀郎呀穿在一起不离分。

选自孙海波主编《好歌伴你度一生》，蓝天出版社，2008 年，第 126 页。

毕业歌

田汉 词，聂耳 曲

同学们，大家起来，担负起天下的兴亡！听吧，满耳是大众的嗟伤！看吧，一年年国土的沦丧！我们是要选择"战"还是"降"？我们要做主人去拼死在疆场，我们不愿做奴隶而青云直上！我们今天是桃李芬芳，明天是社会的栋梁。我们今天是弦歌在一堂，明天要掀起民族自救的巨浪！巨浪，巨浪，不断地增长！同学们！同学们！快拿出力量，担负起天下的兴亡！

作于 1934 年。影片《桃李劫》主题歌。该片描写九·一八"事件后，中国青年学生坎坷的生活道路。选自修海林主编《大学音乐》，高等教育出版社，2009 年，第 204 页。

春回来了

田汉 词，聂耳 曲

春回来了，红河岸边香草多，椰林新叶舞婆娑。春回来了，河边少女何娥娥，腰间苗条缠轻罗。河水潺潺如怨歌，春风激起生洪波。斩草木，苦拼搏，华工创业艰难多。乾隆皇帝何曾哀民瘼，一任帝国主义苛利剥。华工自动奋起挥长戈，可怜男女老幼鲜血流成河。百年岁月等闲过，中华民族再不怒吼将如何？中华民族再不怒吼将如何？

作于 1935 年初，是田汉话剧《回春之曲》的插曲。选自刘佳声编著《二十世纪中国歌曲史编（1900～1949）》上册，内蒙古少年儿童出版社，2000 年，第 177～178 页。

采菱歌

田汉 词，聂耳 曲

六月江南天气晴，姐在塘中采红菱。菱角尖尖刺痛手，赤日炎炎晒煞人。天哪天！没有见黄梅时节不下雨，没有见十八岁姑娘不嫁人。菱花镜里想青春，菱花镜里想青春。

作于 1935 年 4 月。选自刘佳声编著《二十世纪中国歌曲史编（1900～1949）》上册，内蒙古少年儿童出版社，2000 年，第 188 页。

莫提起

田汉 词，冼星海 曲

莫提起一九三一年九一八，那会使铁人泪下。我们的国家，变成了蚕食的桑芽。我们三千二百万同胞，变成了牛马。我们被禁止说自己的话，我们被赶出了自己的家。我们不敢听鸭绿江上呜咽的寒潮，不敢看那长白山上的残霞。难道我们肯把功夫浪费在怨嗟？肯让敌人的旗帜飘扬在老家？我们要以眼还眼，以牙还牙！爱自由的同胞们，团结起来！用英勇的战斗，做我们的回答！

作于 1935 年。选自音乐出版社编辑部编《冼星海歌曲选集》，音乐出版社，1965 年，第 5 ～ 6 页。

青年进行曲

田汉 词

前进，中国的青年！挺战，中国的青年！中国恰像暴风雨中的破船。我们要认识今日的危险，用一切力量，争取胜利的明天。我们要以一当十，以百当千。我们没有退后，只有向前！向前！兴国的责任，落在我们两肩，落在我们的两肩。嘿！前进！中国的青年！挺战！中国的青年！青年！青年！

选自晨枫主编《百年中国歌词博览》，安徽文艺出版社，2011 年，第 71 ～ 72 页。

四季歌

田汉 词，贺绿汀 曲

春季到来绿满窗，大姑娘窗下绣鸳鸯。忽然一阵无情棒，打得鸳鸯各一方。

夏季到来柳丝长，大姑娘漂泊到长江。江南江北风光好，怎及青纱起高粱。

秋季到来荷花香，大姑娘夜夜梦家乡。醒来不见爹娘面，只见窗前明月光。

冬季到来雪茫茫，寒衣做好送情郎。血肉筑出长城长，侬愿做当年小孟姜。

作于 1936 年，是电影《马路天使》中的一首插曲。选自刘佳声编著《二十世纪中国歌曲史编（1900 ～ 1949）》上册，内蒙古少年儿童出版社，2000 年，第 221 页。

茫茫的西伯利亚

田汉 词，冼星海 曲

茫茫的西伯利亚，是俄罗斯受难者的坟。多少英雄的战士，被消灭在这万里的路程。刺刀那样的无情，鞭子又抽得紧，每个人身上是一片血痕与泪痕。谁送我们的行？是天边的白桦林。谁做我们的伴？是东流河水声。难友们不要呻吟，我们得把牙根咬紧！又粗又长的铁链，把我们捆成一条心，把我们困成一条心。我们冒着黑暗前进，我们向着黎明前进！

作于 1936 年，当时为左翼文艺运动中的舞台剧《复活》中的插曲。选自袁行霈主编，赵仁珪执行主编《诗壮国魂：中国抗日战争诗钞（歌词歌谣）》，中国青年出版社，2015 年，第 18 ~ 19 页。

热血

田汉 词

谁愿意做奴隶！谁愿意做牛马！人道的烽火，燃遍了整个的欧洲。我们为了博爱、平等、自由，愿付任何的代价，甚至我们的头颅。我们的热血，地泊尔河似地奔流。任敌人的毒焰，胜过科利色姆当年的猛兽。但胜利终是我们的，我们毫无怨尤。瞧吧！黑暗快要收了，光明已经射到古罗马的城头。瞧吧！黑暗快要收了，光明已经射到古罗马的城头，古罗马的城头。

作于 1936 年。地泊尔河，欧洲河流名称；科利色姆，罗马斗兽场名。选自袁行霈主编，赵仁珪执行主编《诗壮国魂：中国抗日战争诗钞（歌词歌谣）》，中国青年出版社，2015 年，第 19 ~ 20 页。

战士哀歌

田汉 词

安眠吧，勇士！用你的血，写成了一首悲壮的诗！这是一个非常时，需要许多贤者的死。但是敌人啊，你别得意！朋友啊，你别悲！这虽是黑暗的尽端，也就是光明的开始。千百行的眼泪，洗着你墓上的花枝。花枝，四万万同胞的手，支持着你的遗志。安眠吧，我们的勇士！安眠吧，我们的勇士！

作于 1936 年。选自袁行霈主编，赵仁珪执行主编《诗壮国魂：中国抗日战争诗钞（歌词歌谣）》，中国青年出版社，2015 年，第 21～22 页。

江汉渔歌

田汉 词，林路 曲

大别山头挂夕阳，月湖清浅泛鸳鸯。子期不在伯牙往，流水高山空断肠。

西望夏口东武昌，此是千年古战场。渔翁莫做太平梦，江湖遍地是豺狼。

莫笑渔婆两鬓霜，渔婆愈老愈刚强。儿郎尽管去打仗，我们替你缝衣裳。

一群江汉小儿郎，不靠爹爹不靠娘。龙王不许兴风浪，自有俺们做主张。

渔娘含笑劝渔馆，烟波江上练刀枪。练好刀枪有什么用？一朝有事保家乡。

选自刘楚材编《中国歌词选》，湖南人民出版社，1983 年，第 63～64 页。

日落西山

田汉 词，张曙 曲

日落西山满天霞，对面山上来了一个俏冤家。眉儿弯弯眼儿大，头上插了一朵小茶花。哪一个山上没有树？哪一个田里没有瓜？哪一个男子心里没有意？要打鬼子可就顾不了她！

作于 1937 年，是田汉话剧《最后的胜利》中的插曲。选自袁行霈主编，赵仁珪执行主编《诗壮国魂：中国抗日战争诗钞（歌词歌谣）》，中国青年出版社，2015 年，第 24 页。

洪波曲

田汉 词，张曙 曲

我们战黄河，我们战淮河！微山湖水今又生洪波。不能战者不能守，只有抗战到底没有和！敌人速战不决奈我何？我们地广人又多。父亲也不顾鬓毛皤，弟弟战死还有哥。嘿！军民合作、官兵合作，全国成一个。最后胜利一定属于我！属于我！属于我！杀呀！最后胜利一定属于我！

作于 1938 年。选自汪毓和编著《中国近现代音乐史教学参考资料》，世界图书出版西安公司，2000 年，第 307 ~ 308 页。

落叶之歌

田汉 词，姚牧 曲

草木无情为什么落了丹枫？像飘零的儿女，萧萧地随着秋风。相思河畔为什么又有漓江？挟着两行清泪，怅怅地流向湘东。啊，秋风送爽为什么吹皱了眉峰？青春尚在为什么灰褪了唇红？趁着眉青，趁着唇红。辞了丹枫，冒着秋风。别了漓江，走向湘东。落叶儿归根，野水儿朝宗。从大众中生长的，应回到大众之中。他们在等待着我，那广大没有妈妈的儿童。

作于 1941 年，是田汉话剧《秋声赋》中的插曲。选自晨枫主编《百年中国歌词博览》，安徽文艺出版社，2011 年，第 73 页。

罗庸

罗庸（1900～1950），字膺中、号习坛，笔名有：耘人、佗陵、修梅等，原籍江苏江都，出生于北京，是清初扬州八怪之一"两峰山人"罗聘的后人，中国著名古典文学研究专家和国学家。著有《中国文学史导论》《陶诗编年》《陈子昂年谱》《魏晋思想史稿》《汉魏六朝诗选》等。

西南联大校歌

罗庸 词，张清常 曲

万里长征，辞却了五朝宫阙。暂驻足，衡山湘水，又成别离。绝徼移栽桢干质，九州遍洒黎元血。尽笳吹，弦诵在山城，情弥切！

千秋耻，终当雪。中兴业，须人杰。便一成三户，壮怀难折。多难殷忧新国运，动心忍性希前哲。待驱除仇寇，复神京，还燕碣。

作于 1938 年，歌词寄调《满江红》，表达了一代学人担当国运的精神。选自晨枫主编《百年中国歌词博览》，安徽文艺出版社，2011 年，第 79 页。

汪鸾翔

汪鸾翔，字公岩，号巩庵，广西桂林人。曾求学广雅书院，为名儒朱一新弟子。二十世纪二三十年代执教于国立清华大学。1952 年 6 月被聘任为中央文史研究馆馆员。曾任清华大学、河北大学文学教授，北京国立美术学院等校中国画及中国美术史教授。

清华大学老校歌

汪鸾翔 词

西山苍苍，东海茫茫，吾校庄严，巍然中央。东西文化，荟萃一堂，大同爱跻，祖国以光。莘莘学子来远方，莘莘学子来远方。春风化雨乐未央，行健不息须自强。自强，自强，行健不息须自强！自强，自强，行健不息须自强！

左图右史，邺架巍巍，致知穷理，学古探微。新旧合冶，殊途同归，看核仁义，闻道日肥。服膺守善心无违，服膺守善心无违。海能卑下众水归，学问笃实生光辉。光辉，光辉，学问笃实生光辉！光辉，光辉，学问笃实生光辉！

器识为先，文艺其从，立德立言，无问西东。孰介绍是，吾校之功，同仁一视，泱泱大风。水木清华众秀钟，水木清华众秀钟。万悃如一矢以忠，赫赫吾校名无穷。无穷，无穷，赫赫吾校名无穷。无穷，无穷，赫赫吾校名无穷。

清华大学创建之初，曾由外籍教师创作了一首英文歌词的校歌，但词和曲都不令人满意。1923 年前后，学校公开征集校歌，汪鸾翔先生应征的歌词，经校内外名人评审入选。选自清华大学校史研究室《清华大学史料选编》第 1 卷《清华学校时期 1911 ~ 1928》，清华大学出版社，1991 年，第 264 ~ 265 页。

龙榆生

龙榆生（1902 ~ 1966），名沐勋，晚年以字行，号忍寒，出生于江西万载。曾任暨南大学、中山大学、中央大学、上海音乐学院教授。

玫瑰三愿

龙榆生 词

玫瑰花，玫瑰花，烂开在碧栏杆下。玫瑰花，玫瑰花，烂开在碧栏杆下。我愿那：妒我的无情风雨莫吹打！我愿那：爱我的多情游客莫攀摘！我愿那：红颜常好不凋谢，好教我留住芳华。

1932 年 1 月 28 日，日军侵略上海，国民党十九路军奋起抵抗，拉开了"淞沪会战"的序幕。战争结束后，时任上海国立专科音乐学院的龙榆生（龙七），面对校园中的玫瑰花，感慨万千，写下这首《玫瑰三愿》。选自刘佳声编著《二十世纪中国歌曲史编（1900～1949）》上册，内蒙古少年儿童出版社，2000年，第119～120页。

张寒晖

张寒晖（1902～1946），原名张蓝璞，字含晖，河北定县人（今河北省定州市）。1925年入北平国立艺专戏剧系，同年加入中国共产党。1930年在北平加入中国左翼作家联盟。1934年回老家组织抗日救国会，同时从事小说和戏剧创作，为宣传抗日奔走呼号。1935年去西安，在东北军中宣传抗日。1937年再度深入农村，宣传抗日救国。1942年任陕甘宁边区文协秘书长，他创作的《松花江上》《军民大生产》等著名歌曲，曾在解放区和全国广为流传。

松花江上

张寒晖 词曲

我的家在东北松花江上，那里有森林煤矿，还有那满山遍野的大豆高粱。我的家在东北松花江上，那里有我的同胞，还有那衰老的爹娘。"九一八"，"九一八"，从那个悲惨的时候。"九一八"，"九一八"，从那个悲惨的时候。脱离了我的家乡，抛弃那无尽的宝藏。流浪！流浪！整日价在关内，流浪！哪年，哪月，才能够回到我那可爱的故乡？哪年，哪月，才能收回我那无尽的宝藏。爹娘啊，爹娘啊。什么时候，才能欢聚在一堂?！

作于1936年。选自吴新伟、陈连静编《同一首歌——30～40年代经典歌曲100首》，现代出版社，2005年，第42～43页。

贺绿汀

贺绿汀（1903～1999），原名贺楷、贺安卿，湖南邵东仙槎桥人，当代著名音乐家、教育家。1931年考入上海国立音乐专科学校。早年参加湖南农民运动和广州起义。先后任武昌艺术专科学校教员，明星影片公司音乐科科长、延安中央管弦乐团团长、华北文工团团长。半个世纪以来，贺绿汀共创作了三部大合唱、二十四首合唱、近百首歌曲、六首钢琴曲、六首管弦乐曲、十多部电影音乐以及一些秧歌剧音乐和器乐独奏曲，著有《贺绿汀音乐论文选集》。

清流

贺绿汀 词曲

门前一道清流，夹岸两行垂柳。风景年年依旧，只有那流水，总是一去不回头。流水哟，请你莫把光阴带走。光阴实在难留，祖国也向前飞走。为了那幸福的明天，全国的人民工作学习不落后。小朋友，请你爱惜少年的时候。

作于1935年。选自段继敏编著《声乐集体课实用教材（中国作品）》，云南民族出版社，2008年，第164页。

秋水伊人

贺绿汀 词曲

望穿秋水，不见伊人的倩影。更残漏尽，孤雁两三声。往日的温情，只换得眼前的凄清。梦魂无所寄，空有泪满襟。几时归来呀伊人呦，几时你会穿过那边的丛林？那亭亭的塔影，点点的鸦阵，依旧是当年的情景。只有你的女儿呦，已长得活泼天真。只有你留下的女儿呦，来安慰我这破碎的心。

望断云山，不见妈妈的慈颜。漏尽更残，难耐锦衾寒。往日的欢乐，只映出眼前的孤单。梦魂无所依，空有泪阑干。几时归来呀妈妈呦，几时你会回到故乡的家园。这篱边的雏菊，空阶的落叶，依旧是当年的庭院。

只有你的女儿呦，已堕入绝望的深渊。只有你被弃的女儿呦，在忍受无尽的摧残。

作于 1937 年。选自吴剑编《民国流行歌曲》，中国文史出版社，2016 年，第 203 页。

阿侬曲

贺绿汀 词曲

苹果颜色红粉粉，好似阿侬两颊晕。东村懦夫莫相思，阿侬不嫁无用人。自古道：美人爱英雄，英雄爱美人。阿侬不嫁懦弱人。若是你一心想阿侬，快上前线杀敌人。杀罢鬼子回家转，阿侬是你室中人。

选自新光音乐研究社编印《新歌手册》，1942 年，第 51 页。

游击队歌

贺绿汀 词曲

我们都是神枪手，每一颗子弹消灭一个敌人。我们都是飞行军，哪怕那山高水又深。在那密密的树林里，到处都安排同志们的宿营地。在那高高的山岗上，有我们无数的好兄弟。没有吃，没有穿，自有那敌人送上前。没有枪，没有炮，敌人给我们造。我们生长在这里，每一寸土地都是我们自己的，无论谁要强占去，我们就和他拼到底！

哪怕日本强盗凶，我们的兄弟打起仗来真英勇。哪怕敌人枪炮狠，找不到我们的人和影。让敌人乱冲撞，我们的阵地建在敌人侧后方。敌人战线越延长，我们的队伍愈扩张。不分穷，不分富，四万万同胞齐武装。不论党，不论派，大家都来抵抗。我们越打越坚强，日本的强盗自己走向灭亡。看最后胜利日，世界和平现曙光。

选自《五月的鲜花——纪念中国人民抗日战争暨世界反法西斯战争胜利 70 周年经典歌曲集》，上海音乐出版社，2015 年，第 66 页。

朱湘

朱湘（1904～1933）字子沅，原籍安徽太湖，生于湖南沅陵。1925年出版第一本诗集《夏天》。1926年自办刊物《新文》，只刊载自己创作的诗文及翻译的诗歌，自己发行。因经济拮据，只发行了两期。1927年第二本诗集《草莽》出版。1927年9月至1929年9月，留学美国，回国后，他生活动荡，为谋职业到处奔走，曾任教于国立安徽大学（现安徽师范大学）外文系。

昭君出塞

朱湘 词，邱望湘 曲

琵琶呀，伴我的琵琶。趁着如今人马不喧哗，只听得蹄声答答，我想凭着切肤的指甲，弹出心里的嗟呀。

琵琶呀，伴我的琵琶。这儿没有青草发新芽，也没有花枝低桠。在敕勒川前，燕支山下，只有冰树结琼花。

琵琶呀，伴我的琵琶。我不敢瞧落日照平沙，雁飞过暮云之下。不能为我传达一句话，到烟霭外的人家。

琵琶呀，伴我的琵琶。记得当初被选入京华，常对着南天悲咤。那知道如今去朝远嫁，望昭阳又是天涯。

琵琶呀，伴我的琵琶。你瞧太阳落下了平沙，夜风在荒野上发。与一片马嘶声相应答，远方响动了胡笳。

作于1926年，邱望湘于1937年为之谱曲。选自晨枫主编《百年中国歌词博览》，安徽文艺出版社，2011年，第89～90页。

吴村

吴村（1904～1972），原名吴世杰，笔名石浔，福建厦门人，20 世纪 30～40 年代上海著名电影人。曾任全国政协委员、陕西省政协常委。

相思怨

吴村 词，严华 曲

春季里来花草香，万卉争艳蜂蝶忙。人家夫妻乐洋洋，我郎范杞良天一方。

夏季里来风光好，万里银条湖上飘。双双情侣共逍遥，孟姜女独自度寂寥。

秋季里来花凋零，失群孤雁离恨天。愁绪萦心霜满面，遍地荆棘行路难。

冬季里来雪花飞，寒鸦凄凄觅巢回。寒衣尽染相思泪，何日伴君携手归。

该曲为 1939 年 2 月国华影片公司摄制电影《孟姜女》插曲。选自晨枫主编《百年中国歌词博览》，安徽文艺出版社，2011 年，第 95 页。

秋的怀念

吴村 词，陈歌辛 曲

秋，静静地徘徊，静静地徘徊。红叶为她涂胭脂，白云为她抹粉黛。秋，静静的徘徊。

秋，静静的徘徊，静静的徘徊。红叶为她遮烦恼，白云为她掩悲哀。秋，静静的徘徊。她永远怀念，永远怀念，怀念着代代慈祥的草原。她永远怀念，永远怀念，怀念着年年可恋的村间。

秋，静静地徘徊，静静地徘徊。红叶为她涂胭脂，白云为她抹粉黛。秋，静静的徘徊。

作于 1941 年，系电影《天涯歌女》的插曲，都杰演唱。选自陈钢编著《玫瑰之恋："歌仙"陈歌辛之歌》，东方出版社，2014 年，第 293 ~ 294 页。

春风野草

吴村 词，陈歌辛 曲

春风悠悠，野草低头。彩霞片片，年华水流。不敢忘记你，不敢诉因由。明月伴入梦，斜阳催归舟。玫瑰多刺君多情，苦酒难尝泪难收。莫为别离凄愁，莫为别离添忧。何处不相逢，相逢心依旧。春风悠悠，野草低头。

选自陈钢主编《上海老歌名典》，上海辞书出版社，2002 年，第 181 页。

玫瑰玫瑰我爱你

吴村 词，陈歌辛 曲

玫瑰玫瑰最娇美，玫瑰玫瑰最艳丽。长夏开在枝头上，玫瑰玫瑰我爱你。

玫瑰玫瑰情意重，玫瑰玫瑰情意浓。长夏开在荆棘里，玫瑰玫瑰我爱你。

心的誓约，心的情意，圣洁的光辉照大地。心的誓约，心的情意，圣洁的光辉照大地。

玫瑰玫瑰枝儿细，玫瑰玫瑰刺儿锐。今朝风雨来摧残，伤了嫩枝和娇蕊。

玫瑰玫瑰心儿坚，玫瑰玫瑰刺儿尖。来日风雨来摧残，毁不了并蒂枝连理。玫瑰玫瑰我爱你。

选自张唯佳主编《音乐鉴赏》，复旦大学出版社，2014 年，第 55 ~ 56 页。

街头月

吴村 词

街头月，月如霜，冷冷地照在屋檐上。街头月，月如霜，冷冷地照在屋檐上。母女沦落走街坊，饥寒交迫只得把歌唱。唱呀唱，唱呀唱，唱不尽悲欢离合空惆怅，唱不尽白山黑水徒心伤。街头月，月如钩，弯弯地挂在柳梢头。

街头月，月如钩，弯弯地挂在柳梢头。母女相依沿街走，低弹缓唱唱到泪双流。流呀流，流呀流，流到了心碎肠断不忧愁，流到了天昏地暗有时休。

选自陈钢等编《上海老歌名典（新版）》，上海辞书出版社，2007 年，第 190 ～ 192 页。

韦瀚章

韦瀚章（1905 ～ 1993），祖籍香山县翠微（今属珠海市）。1929 年在上海沪江大学毕业后，担任过上海国立音专注册主任，商务印书馆编辑，上海沪江大学秘书、教授。韦瀚章是我国第一代从事现代歌曲创作的歌词大师。自 1932 年在上海国立音专工作期间写出处女作《思乡》以来，一生共创作了 500 多首歌词，其中包括了抗日歌曲《旗正飘飘》《白云故乡》，艺术歌曲《采莲谣》等。

思乡

韦瀚章 词，黄自 曲

柳丝系绿，清明才过了。独自个，凭栏无语。更那堪墙外鹃啼，一声声道"不如归去"！惹起万种闲情，满怀别绪。问落花："随渺渺微波，是否向南流？"我愿同他去。

作于 1932 年。选自孟欣主编《同一首歌——三四十年代经典歌曲 100 首》，现代出版社，2005 年，第 58 ～ 59 页。

山在虚无缥缈间

韦瀚章 词，黄自 曲

香雾迷蒙，祥云掩拥。蓬莱仙岛清虚洞，琼花玉树露华浓。蓬莱仙岛清虚洞，琼花玉树露华浓。却笑他红尘碧海，多少痴情种？离合悲欢，枉作相思梦。参不透，镜花水月，毕竟总成空。

作于 1932 年夏秋，此曲节选自我国第一部清唱剧《长恨歌》。选自刘习良主编《歌声中的20 世纪：百年中国歌曲精选》，中国国际广播出版社，1999 年，第 44 ～ 47 页。

旗正飘飘

韦瀚章 词，黄自 曲

旗正飘飘，马正萧萧。枪在肩，刀在腰，热血热血似狂潮。
旗正飘飘，马正萧萧，好男儿报国在今朝。国亡家破祸在眉梢，快团结莫贻散沙嘲，挽沉沦全仗吾同胞。戴天仇，怎不报？不杀敌人恨不消。
快团结，快团结，团结团结奋起团结。
旗正飘飘，马正萧萧，枪在肩，刀在腰，热血热血似狂潮。
旗正飘飘，马正萧萧，好男儿报国在今朝。

作于 1932 年，最初发表于 1934 年 1 月 5 日出版的《音乐杂志》（音乐艺文社编）第一期上。选自张立宪主编《读库 0606》，新星出版社，2006 年，第 97 页。

吊吴淞

韦瀚章 词，应尚能 曲

春尽江南，不堪回首年前事。到如今，一寸山河一寸伤心地！极目吴淞，衰草黄沙迷废垒，衰草黄沙迷废垒。浦暮潮生，点点都成泪，点点都成泪。白骨青磷夜夜飞，可怜未竟干城志。

作于 1932 年。选自袁行霈主编，赵仁珪执行主编《诗壮国魂：中国抗日战争诗钞（歌词歌谣）》，中国青年出版社，2015 年，第 74 页。

燕语

韦瀚章 词，黄自 曲

君莫问，别来在何处？君莫笑，画梁依附。君更莫虑旧时巢，受尽了风风雨雨。我但愿共春同住，我但愿主人无故。我便从头筑起新巢，哪怕辛辛苦苦。

作于 1935 年。选自陈秉义编《历史歌曲》，春风文艺出版社，1992 年，第 120 页。

采莲谣

韦瀚章 词，陈田鹤 曲

夕阳斜，晚风飘，大家来唱采莲谣。白花艳，红花娇，扑面香气暑气消。你划桨，我撑篙，欸乃一声过小桥。船行快，歌声高，采得莲花乐陶陶。

作于 1935 年。选自周媛媛编著《中国合唱作品精选：艺术歌曲选（1）》，广西师范大学出版社，2014 年，第 6 页。

白云故乡

韦瀚章 词，林声翕 曲

海风翻起白浪，浪花溅湿衣裳。寂寞的沙滩，只有我在凝望。群山浮在海上，白云躲在山旁。层云的后面，便是我的故乡。海水茫茫，山色苍苍，白云依恋在群山的怀里，我却望不见故乡，我却望不见故乡！血沸胸膛，仇恨难忘，把坚决的信念筑成壁垒，莫让人侵占故乡，莫让人侵占故乡。

1938 年作于香港。选自袁行霈主编，赵仁珪执行主编《诗壮国魂：中国抗日战争诗钞（歌词歌谣）》，中国青年出版社，2015 年，第 76 页。

秋夜

韦瀚章 词，应尚能 曲

静，秋水无痕似镜。听，何处渔笛声声。丹枫露冷，银汉澄清，斜挂一轮孤月，稀微几点疏星。

选自刘再生著《中国近代音乐史简述》，人民音乐出版社，2009 年，第 227 页。

雨后西湖

韦瀚章 词，黄自 曲

西湖好，最好是新晴。垂柳乍分波面绿，行云才过远山青，时节近清明。

作于 1933 年。选自上海音乐学院《黄自遗作集》编辑小组编《黄自遗作集》（声乐作品分册），安徽文艺出版社，1997 年，第 60 页。

安娥

安娥（1905～1976），原名张式沅，曾用名何平、张菊生，河北省获鹿县范谈村（今石家庄市长安区）人。中国著名剧作家、作词家、诗人、记者、翻译家、社会活动家。其丈夫为《义勇军进行曲》词作者田汉。在百代唱片公司（上海分社）工作期间和著名作曲家聂耳为同事。

卖报歌

安娥 词，聂耳 曲

啦啦啦！啦啦啦！我是卖报的小行家。不等天明去等派报，一面走，一面叫，今天的新闻真正好，七个铜板就买两份报。

啦啦啦！啦啦啦！我是卖报的小行家。大风大雨里满街跑，走不好，滑一跤，满身的泥水惹人笑，饥饿寒冷只有我知道。

啦啦啦！啦啦啦！我是卖报的小行家。耐饥耐寒地满街跑，吃不饱，睡不好，痛苦的生活向谁告，总有一天光明会来到。

作于 1933 年。选自刘习良主编《歌声中的 20 世纪：百年中国歌曲精选》，中国国际广播出版社，1999 年，第 49 ～ 50 页。

警钟

安娥 词

小姐妹，小弟兄，我们一起敲警钟。警钟，警钟，响叮咚，丁丁咚，丁丁咚，惊醒人们的迷梦。

小姐妹，小弟兄，你我快快来敲钟。敲钟，敲钟，响叮咚，响叮咚，响叮咚，我是社会的小先锋。我们不做旧社会的大英雄，专做新社会的小先锋。我们不要旧社会的小虚荣，专要新社会的大成功。

小姐妹，小弟兄，我们一齐敲警钟。警钟，警钟，响叮咚，丁丁咚，丁丁咚，惊醒人们的迷梦。敲！敲！把旧社会敲崩。造！造！把新社会造成。敲钟，敲钟，钟声咚咚万人警。

作于 1933 年。选自安娥著《安娥文集（上）》，中国文联出版社，2008 年，第 8 ～ 9 页。

新凤阳歌

安娥 词，任光 曲

说凤阳，道凤阳，凤阳本是好地方。自从出了朱皇帝，十年倒有九年荒。大户人家卖田地，小户人家卖儿郎。奴家没有儿郎卖，身背着花鼓走四方。

说凤阳，道凤阳，凤阳年年遭灾殃。堤坝不修河水涨，田园万里变汪洋。多少人家葬鱼腹，多少人家没衣裳。奴家为着三餐饭，身背着花鼓走街坊。

说凤阳，道凤阳，凤阳年年遭灾殃。从前军阀争田地，如今鬼子动刀枪。沙场死去男儿汉，村庄留下女和娘。奴家走遍千万里，到处饥寒到处荒。

作于1934年，是20世纪30年代进步影片《大路》的插曲。选自刘佳声编著《二十世纪中国歌曲史编（1900～1949）》上册，内蒙古少年儿童出版社，2000年，第167页。

渔光曲

安娥 词，任光 曲

云儿飘在海空，鱼儿藏在水中。早晨太阳里晒渔网，迎面吹过来大海风。潮水升，浪花涌，鱼船儿漂漂各西东。轻撒网，紧拉绳，烟雾里辛苦等鱼踪。鱼儿难捕船租重，捕鱼人儿世世穷。爷爷留下的破鱼网，小心再靠它过一冬。

东方现出微明，星儿藏入天空。早晨鱼船儿返回程，迎面吹过来送潮风。天已明，力已尽，眼望着渔村路万重。腰已酸，手也肿，捕得了鱼儿腹内空。鱼儿捕得不满筐，又是东方太阳红。爷爷留下的破鱼网，小心还靠它过一冬。

作于1934年，是同年上映的影片《渔光曲》的主题歌。选自徐朗、颜蕙先编《声乐曲选集：中国作品（简谱版）》，人民音乐出版社，2012年，第30～31页。

采莲歌

安娥 词，任光 曲

采莲，轻打桨儿慢弯船，湖水深处花儿鲜。采呀，采莲。腕儿猛伸身儿偏，浪花惊波船儿颤。采呀，采莲。含羞还带泪，茎断丝犹连。花儿娇，娇娇如人面。叶儿珊，珊珊如少年。采呀，采莲。但愿我心莫如莲心苦，只望君心要比莲茎坚。采呀，采莲。百姓们种下白玉藕，贵人们采莲夕阳天。采呀，采莲，画舫一去歌声远，白云如水水含烟。采呀，采莲！

采莲，紧打双桨慢弯船，莫损嫩芽水底鲜。采呀，采莲，晓风吹过船儿险，朝雨打来透衣寒。采呀，采莲，但见花儿艳，谁念人儿难。赏花人，哪管风和雨。鲜花儿，赶送妆台前。采呀，采莲，情愿辛苦多采花几朵，只望鲜花能赚养家钱。采呀，采莲，朝采莲，三餐难一饱；暮采莲，衣衫不周全。采呀，采莲，年年过尽饥寒苦，岁岁摇船五更天。采莲，采莲！

作于1934年。选自安娥著《安娥文集（上）》，中国文联出版社，2008年，第9～11页。

落叶

安娥 词，任光 曲

秋风阵阵，落叶黄黄，大地换秋装。北雁南归，对对成双，结队返故乡。

百花谢，落叶扬，独有菊花香。菊花芬芳，蜂蝶奔忙，大家忙冬藏。

书声琅琅，钟声当当，散课放学堂。弟弟妹妹，回家道上，落叶遍地扬。

蜂蝶忙，来冬藏，这是好榜样。小小年纪，如不努力，老大徒伤悲。

选自安娥著《安娥文集（上）》，中国文联出版社，2008年，第12～13页。

山茶花

安娥 词，冼星海 曲

我们的小红，好像一朵山茶花，五月里火似的开天涯。铁打志气经得磨炼，聪明勇敢谁能比她？她不给阔人们添斗米，她只给穷人们把柴加。小红小红小红呀，你五月里山茶红似霞。

我们的小红，会场之上叫高声，报告道华北又被瓜分；爱国学生勇敢反抗，汉奸走狗帮助敌人，工友们快起来团结紧，救亡的战线上要齐心。小红小红小红呀，你五月里山茶红似焚。

我们的小红，大街之上来演讲，手举起旗儿是勇气扬；帝国主义凶似狼虎，夺取华北进攻长江。救国的主力军是民众，要工农学生们齐武装。

小红小红小红呀，你五月里山茶放毫光。

我们的小红，重伤躺在病院床，战友们一群群来问伤；男的说她真是勇敢，女的称她妇女之光。小红说我们要干到底，不赶走敌人不还乡。小红小红小红呀，你五月里山茶万里香。

作于 1936 年。选自冼星海等编《抗战歌曲集》，生活书店，1938 年，第 58 ~ 59 页。

女性的呐喊

安娥 词，冼星海 曲

这痛苦羞辱的生活，难道还没有够？这饥寒残暴的压迫，难道再还忍受？再驯顺得像牛马啊，任人家驱使？还打扮得像花朵儿任人家选购？

为着一个半奴隶的主人，就把自由出售？与其这样痛苦着等死，不如拼死奋斗！打出这毁人的牢笼，创造个光明的宇宙；齐在救亡的血境里，唱下自由的前奏！

我们联合被压迫的姊妹，打破封建牢笼！我们联合铁蹄下弟兄，走上自救前锋！打倒这黑暗的世界，创造我女性的光明；齐在救亡的战线里，唱下解放的先声！

选自冼星海等编《抗战歌曲集》，生活书店，1938 年，第 96 ~ 97 页。

卢前

卢前（1905 ~ 1951），原名正绅，字冀野，自号饮虹、小疏，江苏南京人。戏曲史研究专家、散曲作家、剧作家、诗人，词曲大师吴梅的高足。

本事

卢冀野 词，张佩萱 曲

记得当时年少，我爱谈天你爱笑。有一回并肩坐在桃树下，风在林梢鸟在叫。我们不知怎么困觉了，梦里花落知多少？

选自钟立民主编《难忘的旋律——献给老年朋友的歌》，知识出版社，2001年，第90页。

蔡楚生

蔡楚生（1906～1968），祖籍广东省潮阳县（今广东省汕头市），生于上海。被评论界誉为"中国进步电影的先驱者""中国现实主义电影的奠基人"。

月光光歌

蔡楚生 词，任光 曲

月光光，照村庄，村庄破落炊无粮，租税重重稻麦荒。

月圆圆，照篱边，篱边狗吠不能眠，饥寒交迫泪涟涟。

月朗朗，照池塘，池塘水干种田难，他乡流落哭道旁。

月亮亮，照他乡，他乡儿郎望断肠，何时归去插新秧。

月依依，照河堤，河堤水决如山移，家家冲散死别离。

月黯黯，照荒场，荒场尸骨白如霜，又听战鼓响四方。

月凉凉，照羔羊，羔羊迷途受灾殃，天涯何处觅爹娘。

月明明，照天心，天心不知儿飘零，风吹雨打任欺凌。

月微微，照海水，海水奔流永不回，苦儿无家不得归。

月凄凄，照破衣，破衣单薄碎离离，冻死路旁无人理。

月茫茫，照高房，高房欢笑如颠狂，苦儿饥饿正彷徨。

月惨惨，照海滩，海滩无人夜漫漫，苦儿血泪已流干。

作于 1935 年，是 1935 年电影《迷途的羔羊》的主题曲。选自刘佳声编著《二十世纪中国歌曲史编（1900～1949）》上册，内蒙古少年儿童出版社，2000 年，第 199～200 页。

钱君匋

钱君匋（1907～1998），浙江桐乡屠甸镇人，名玉堂、锦堂，字君陶，号豫堂、禹堂、午斋，室名无倦苦斋、新罗钱君陶山馆、抱华精舍。他既是鲁迅先生的学生，装帧艺术的开拓者，也是中国当代"一身精三艺，九十臻高峰"的著名篆刻书画家。

秋

钱君匋 词，〔丹麦〕卢姆比 曲

看一片秋郊，处处皆衰草。望长空迢迢，明净云翳少。

山边枫叶似火烧，水畔疏柳剩空条。斜阳影里，风过林梢，与秋共吟啸。

红蓼落尽芦花皓，松柏长青菊正好。月明如水，数声雁叫，与秋共吟啸。

选自钟立民主编《难忘的旋律——献给老年朋友的歌》，知识出版社，2001 年，第 88 页。

黎锦光

黎锦光（1907～1993），原名黎锦颢，湖南湘潭人。他是当时湘潭市"黎氏八杰"中的老七，他其他兄弟都是中国近代的名人，中国流行歌坛的开拓者和奠定者。1935年，加入其二哥黎锦晖任团长的中华歌舞团，成为"黎派"歌曲最重要的传人。1939年，任百代唱片公司音乐编辑，为上海各电影公司作曲。有《夜来香》《香格里拉》《慈母心》《我的家》等数百首流行歌曲作品。

夜来香

黎锦光 词曲

那南风吹来清凉，那夜莺啼声细唱，月下的花儿都入梦，只有那夜来香，吐露着芬芳。

我爱这夜色茫茫，也爱这夜莺歌唱，更爱那花一般的梦，拥抱着夜来香，闻这夜来香。

夜来香，我为你歌唱；夜来香，我为你思量。啊啊啊，我为你歌唱，我为你思量，夜来香，夜来香，夜来香……

作于 1944 年。选自罗洪、马怡雯编选《难忘的旋律——中国二十世纪三四十年代流行歌曲集》，花城出版社，2012 年，第 113 页。

我的家

黎锦光 词，姚敏 曲

青青的流水呀，流过起伏的山下。红红的小花儿，长遍那疏落的篱笆。它含笑欢迎着我，这就是我从前的家。

以往呀，他忙着耕种，我在山坳里采茶。潺潺的流水呀，流过那村前的桥旁。朵朵的鲜花儿，笑迎着春风在怒放。它含笑欢迎着我，这就是我从前的故乡。可是呀，只剩下残瓦，只看到一片荒凉。

选自吴剑选编《解语花——中国三四十年代流行歌曲（续集一）》，北方文艺出版社，1998年，第13页。

潘子农

潘子农（1909～1993），浙江湖州人。20世纪20年代后期开始从事文学创作，是当时著名的话剧编剧和导演。1937年，进入艺华影业公司，为其编写电影剧本《花开花落》等。20世纪50年代后，其电影作品还有《彩凤双飞》等。

长城谣

潘子农 词，刘雪庵 曲

万里长城万里长，长城外面是故乡。高粱肥大豆香，遍地黄金少灾快。
自从大难平地起，奸淫掳掠苦难当。苦难当奔他方，骨肉离散父母丧。

没齿难忘愁和恨，日夜只想回故乡。大家拼命保故乡，哪怕敌人逞豪强。
万里长城万里长，长城外面是故乡。四万万同胞心一样，新的长城万里长。

作于1937年初，故事片《关山万里》的插曲。选自袁行霈主编，赵仁珪执行主编《诗壮国魂：中国抗日战争诗钞（歌词歌谣）》，中国青年出版社，2015年，第113页。

端木蕻良

端木蕻良（1912～1996），满族，原名曹汉文，又名曹京平，曾用笔名黄叶、罗旋、叶之林、曹坪等，辽宁省昌图县人，现代著名作家、小说家。抗日战争和解放战争时期，先后在山西、重庆等处任教，在重庆、香港、上海等地编辑《文摘》《时代文学》等，长期从事进步的文化工作。

嘉陵江上

端木蕻良 词，贺绿汀 曲

那一天，敌人打到了我的村庄，我便失去了我的田舍、家人和牛羊。

如今我徘徊在嘉陵江上，我仿佛闻到故乡泥土的芳香。一样的流水，一样的月亮，我已失去了一切欢笑和梦想。江水每夜呜咽地流过，都仿佛流在我的心上。我必须回到我的家乡，为了那没有收割的菜花，和那饿瘦了的羔羊。我必须回去，从敌人的枪弹底下回去。我必须回去，从敌人的刺刀丛里回去。把我那打胜仗的刀枪，放在我生长的地方。

作于 1939 年，初刊于 1940 年 1 月 25 日重庆出版的《乐风》第一卷第一期。选自蒲涛、党劲主编《中国艺术歌曲教程》，暨南大学出版社，2011 年，第 34 ~ 36 页。

光未然

光未然（1913 ~ 2002），原名张光年，现代诗人，作家，文学评论家。1929 年加入中国共产党，20 世纪 30 年代起从事进步的戏剧活动和文学活动，潜心研究戏剧、音乐，阅读了大量外国文学名著和社会科学方面的著作，创作了组诗《黄河大合唱》《五月的鲜花》《屈原》等诗作。

五月的鲜花

光未然 词，阎述诗 曲

五月的鲜花开遍了原野，鲜花掩盖着志士的鲜血。为了挽救这垂危的民族，他们曾顽强地抗战不歇。

如今的东北已沦亡了四年，我们天天在痛苦中熬煎！失掉自由也失掉了饭碗，屈辱地忍受那无情的皮鞭！

敌人的铁蹄越过了长城，中原大地依然歌舞升平；"亲善"！"睦邻"！啊！卑污的投降！忘掉了国家更忘掉了我们！

再也忍不住满腔的愤怒，我们期待着这一声怒吼；吼声惊起这不幸的一群，被压迫者一齐挥动拳头！震天的吼声惊起这不幸的一群，被压迫者一齐挥动拳头！

1935 年 8 月写于汉口，是为独幕剧《阿银姑娘》所作的序曲。选自袁行霈主编，赵仁珪执行主编《诗壮国魂：中国抗日战争诗钞（歌词歌谣）》，中国青年出版社，2015 年，第 136 ~ 137 页。

拓荒歌

光未然 词，冼星海 曲

这儿是沙漠，这儿是荒原，这儿是白茫茫的一片。起来，勇敢的拓荒队员！举起我们的锄头，挥动我们的铁铲，把沙漠变成绿洲，把荒野变成良田。

这儿是荆棘，这儿是高山，这儿是黑漆漆的一团。起来，勇敢的拓荒队员！举起我们的锄头，挥动我们的铁铲，把荆棘变成花园，把山谷变成平原。

起来，勇敢的拓荒队员！这工作是大家的，大家一同来干！这收获是大家的，大家一同来干！

1937 年 11 月写于汉口。选自中共广州市南沙区榄核镇委员会、花城出版社音乐出版中心编《黄河绝唱——冼星海声乐作品精选集》，花城出版社，2015 年，第 13 ~ 14 页。

黄河颂

光未然 词，冼星海 曲

我站在高山之巅，望黄河滚滚奔向东南。惊涛澎湃，掀起万丈狂澜。浊流宛转，结成九曲连环。从昆仑山下奔向黄海之边，把中原大地劈成南北两面。

啊！黄河！你是中华民族的摇篮！五千年的古国文化，从你这儿发源。多少英雄的故事，在你的身边扮演！啊！黄河！你是伟大坚强，像一个巨人出现在亚洲平原之上，用你那英雄的体魄筑成我们民族的屏障。

啊！黄河！你一泻万丈，浩浩荡荡，向南北两岸伸出千万条铁的臂膀。我们民族的伟大精神，将要在你的哺育下发扬滋长！我们祖国的英雄儿女，将要学习你的榜样。像你一样的伟大坚强！

作于 1939 年，是大型声乐作品《黄河大合唱》的第三乐章。选自上海音乐出版社编《五月的鲜花》，上海音乐出版社，2015 年，第 92 ～ 93 页。

黄水谣

光未然 词，冼星海 曲

黄水奔流向东方，河流万里长。水又急，浪又高，奔腾叫嚣如虎狼。开河渠，筑堤防，河东千里成平壤。麦苗儿肥啊豆花儿香，男女老少喜洋洋。

自从鬼子来，百姓遭了殃！奸淫烧杀，一片凄凉。扶老携幼，四处逃亡。丢掉了爹娘，回不了家乡！黄水奔流日夜忙，妻离子散天各一方。

作于 1939 年。是《黄河大合唱》第五乐章。选自雷维模编《好歌大家唱：中外名歌 400 首》，西南师范大学出版社，2013 年，第 22 页。

保卫黄河

光未然 词，冼星海 曲

风在吼，马在叫，黄河在咆哮，黄河在咆哮。河西山冈万丈高，河东河北高粱熟了。万山丛中抗日英雄真不少，青纱帐里游击健儿逞英豪！端起了土枪洋枪，挥舞着大刀长矛。保卫家乡！保卫黄河！保卫华北！保卫全中国！

作于 1939 年，是《黄河大合唱》的第七乐章。选自刘佳声编著《二十世纪中国歌曲史编（1900 ～ 1949）》上册，内蒙古少年儿童出版社，2000 年，第 356 ～ 363 页。

新时代的歌手

光未然 词，冼星海 曲

我们新时代的歌手，有钢铁一般的歌喉。用钢铁般的歌声，为民族解放而怒吼。

我们新时代的歌手，有钢铁一般的队伍。用钢铁般的力量，为民族解放而战斗。

我们新时代的歌手，有钢铁一般的拳头。打倒日寇汉奸走狗，争取民族独立自由。

我们新时代的歌手，有钢铁一般的歌喉。铁的队伍，铁的拳头，建设钢铁一般的中华民族。

选自鲁艺编译部《新歌选集》，辰光书店，1939 年，第 5～7 页。

王洛宾

王洛宾（1913～1996），名荣庭，字洛宾，曾用名艾依尼丁，汉族人，出生北京，中国民族音乐家。1934 年，毕业于国立北平师范大学（北京师范大学）音乐系。1938 年，在兰州改编了新疆民歌《达坂城的姑娘》，之后便与西部民歌结下了不解之缘，并将一生都献给了西部民歌的创作和传播事业，有"西北民歌之父""西部歌王"之称。

在那遥远的地方

王洛宾 词，哈萨克族民歌

在那遥远的地方，有位好姑娘。人们走过了她的帐房，都要回头留恋的张望。

她那粉红的小脸，好像红太阳。她那美丽动人的眼睛，好像晚上明媚的月亮。

我愿抛弃了财产，跟她去放羊。每天看着那粉红的小脸，和那美丽金边的衣裳。

我愿做一只小羊，跟在她身旁。我愿她拿着细细的皮鞭，不断轻轻打在我身上。

这是王洛宾 1939 年在青海根据新疆哈萨克族民歌《洁白的前额》改编的一首歌曲的歌词。选自《中外名歌》，上海音乐出版社，2014 年，第 4 页。

唐纳

唐纳（1914 ~ 1988），原名马季良，又名马骥良、马耀华，江苏苏州人，中国著名报人、电影评论家、记者和演员。

塞外村女

唐纳 词，聂耳 曲

采了蘑菇把磨推，头昏眼花身又累。有钱人家里团团坐，羊羔美酒笑颜开。

暮鸦飞过天色灰，老爹上城卖粉归。鹅毛雪片片朝身落，破棉袄渍透穷人泪。

扑面寒风阵阵吹，几行飞雁几行泪。指望着今年收获好，够缴还租米免祸灾。

作于 1935 年。系艺华影业公司摄制的电影《逃亡》的插曲。选自雨萌编著《老歌精选》，现代出版社，2014 年，第 32 页。

陈歌辛

陈歌辛（1914～1961），原名陈昌寿，出生于江苏南汇（今上海浦东），著名作曲家，人称"歌仙"。他毕业于格致中学，曾短暂跟随德籍犹太音乐家弗兰克尔学习音乐基础理论及声乐、钢琴、作曲、指挥。其后在上海一些中学教授音乐，并创作歌曲。

五月的风

陈歌辛 词，李七牛 曲

五月的风，吹在花上，朵朵的花儿吐露芬芳。假如呀花儿确有知，懂得人海的沧桑，它该低下头来哭断了肝肠。

五月的风，吹在树上，枝头的鸟儿发出歌唱。假如呀鸟儿确有知，懂得日月的消长，它该息下歌喉羞愧地躲藏。

五月的风，吹在天上，朵朵的云儿颜色金黄。假如呀云儿确有知，懂得人间的兴亡，它该掉过头去离开这地方。

作于 1937 年，由周璇演唱后，风靡当时。选自刘佳声编著《二十世纪中国歌曲史编（1900～1949）》上册，内蒙古少年儿童出版社，2000 年，第 260～261 页。

春

陈歌辛 词曲

春，带给我们万紫千红，赶走了大地的残冬。春，带给我们醉人的暖风，吹动了花一般的梦。你听，枝头小鸟轻轻唱，这是爱的歌颂。她教人们尽量的爱，别辜负一片春色浓。春，带给我们爱火熊熊，燃烧起每个人的心胸。

作于 1943 年，电影《恋之火》插曲。白光演唱。选自罗洪、马怡雯编选《难忘的旋律——中国二十世纪三四十年代流行歌曲集》，花城出版社，2012 年，第 116 页。

蔷薇，蔷薇，处处开

陈歌辛 词

蔷薇，蔷薇，处处开。青春，青春，处处在。挡不住的春风吹进胸怀。
蔷薇，蔷薇，处处开。春天是一个美丽的新娘，满地蔷薇是她的嫁妆，
只要是谁有少年的心，就配做她的情郎。

春天是为了少女们来，蔷薇是为了少年们开，春天是为了少年们开。啊，
蔷薇，蔷薇处处开，青春青春处处在。春风拂去我们心的灰尘，蔷薇，
蔷薇处处开。

选自贺锡德编著《365 首中国古今名曲欣赏：声乐卷》（下卷），人民音乐出版社，2005 年，
第 104 ~ 105 页。

群莺飞

陈歌辛 词曲

满天的黑暗已无踪，晨风来吹破夜的梦。欢迎呀早晨，让我们歌颂，歌
颂你驱散黑暗重重。为了欢迎春的来临，我们要歌唱，尽情地歌唱。

枝头的残雪已无踪，南风吹来醒花的梦。欢迎呀春天，让我们歌颂，歌
颂你带来万紫千红。愿你不再离开我们，我们要歌唱，这万紫千红。

李丽华演唱，电影《万紫千红》插曲，创作于 1943 年。选自吴剑选编《解语花：中国
三四十年代流行歌曲（续集一）》，北方文艺出版社，1998 年，第 91 ~ 92 页。

恭喜恭喜

陈歌辛 词

每条大街小巷，每个人的嘴里，见面第一句话，就是恭喜恭喜。恭喜恭
喜恭喜你呀，恭喜恭喜恭喜你！

冬天已到尽头，真是好的消息，温暖的春风，就要吹醒大地。恭喜恭喜恭喜你呀，恭喜恭喜恭喜你！

皓皓冰雪融解，眼看梅花吐蕊，漫漫长夜过去，听到一声鸡啼。恭喜恭喜恭喜你呀，恭喜恭喜恭喜你！

经过多少困难，历尽多少磨炼，多少心儿盼望，盼望春的消息。恭喜恭喜恭喜你呀，恭喜恭喜恭喜你！

选自晨枫主编《百年中国歌词博览》，安徽文艺出版社，2011年，第169～170页。

黄嘉谟

黄嘉谟（1916～2004），笔名贝林，福建晋江人。1936年任艺华影业公司编剧，编写电影剧本《化身姑娘》《喜临门》等，1944年为中联等影片公司创作电影剧本《凤还巢》。

岁月悠悠

黄嘉谟 词，江定仙 曲

岁月悠悠，旧情付水流。忆去年今日，送你上归舟。江风拂杨柳，一日不见如三秋。

岁月悠悠，旧情不可留。临江空惆怅，胜地忆旧游。江风逐水流，旧情不堪重回首。

作于1936年。选自人民音乐出版社编著《中国艺术歌曲选（1920～1948）》（下），人民音乐出版社，2003年，第225～227页。

何日君再来

黄嘉谟 词，刘雪庵 曲

好花不常开，好景不常在。愁堆解笑眉，泪洒相思带。今宵离别后，何日君再来？喝完了这杯，请进点小菜。人生难得几回醉，哎，不欢更何待。（白）来来来，喝完这杯再说吧！（唱）今宵离别后，何日君再来？

晓露湿中庭，沉香飘户外。寒鸦依树栖，明月照高台。今宵离别后，何日君再来？

喝完了这杯，请进点小菜。人生难得几回醉，哎，不欢更何待。（白）来来来，再敬你一杯！（唱）今宵离别后，何日君再来？

玉漏频相催，良辰去不回。一刻千金价，痛饮莫徘徊。今宵离别后，何日君再来？喝完了这杯，请进点小菜。人生难得几回醉，哎，不欢更何待。（白）来来来，再敬你一杯！（唱）今宵离别后，何日君再来？

停唱阳关叠，重擎白玉杯。殷勤频致语，牢牢抚君怀。今宵离别后，何日君再来？喝完了这杯，请进点小菜。人生难得几回醉，哎，不欢更何待。（白）哎，再喝一杯！干了吧！（唱）今宵离别后，何日君再来？

作于1938年，电影《三星伴月》的插曲。选自朱天纬编撰《中国电影百年·经典歌曲》，人民音乐出版社，2005年，第116页。

杨友群

杨友群，生卒年不详，贵州毕节人，抗战时曾在贵州省立毕节师范学校任教导主任、语文教师。

夜夜梦江南

杨友群 词，汪秋逸 曲

昨夜我梦江南，满地花如雪。小楼上的人影，正遥望点点归帆，丛林里的歌声，飘拂着傍晚青天。

今夜我梦江南，白骨盈荒野。山在崩陷，地在沸腾。人在呼号，马在悲鸣。侵略者的铁蹄，卷起了满天的烟尘滚滚！

去吧！去吧！你受难的孩子们呀，我们要把复仇的种子，播撒在祖国的地下，在今天发芽，在明天开花。开花，开遍了中华！

作于20世纪40年代，《江南三曲》之二。选自何国林主编《富春诗词选》（第5辑），富春江诗社，2005年，第91页。

淡淡江南月

杨友群 词，汪秋逸 曲

淡淡江南月，照微波荡漾。绿柳依依，溶溶江南月，像娇嗔的爱人，紧锁双眉。啊，祖国！我的母亲。你的儿女们，安息在你的怀里！惨淡江南月，照着遍地的战马奔腾！凄凉江南月，照着汹汹的杀声震野！啊，祖国！我的母亲。你的儿女们，遍体染满了鲜血！我们抵抗，抵抗，抵抗！抵抗强暴的欺凌！啊，祖国，我的母亲！你的儿女们，要贡献生命给你！

选自新光音乐研究社编印《新歌手册》，1942年，第11～12页。

吴新稼

吴新稼，生卒年不详，又名吴莆生，曾任 1937 年由 22 个流离失所的孤儿组成的"孩子剧团"的团长，被誉为"抗战中的血泊中产生的一朵奇花"。

家

吴新稼 词，贺绿汀 曲

家，您是那样亲密远离！像星儿悬挂在天边。您怀念与祝福你们的爱儿，是不是还在计算见面的时间？但是呵！这孩子们的心情，您可曾知道半点？为了挣脱这奴隶的锁链，孩儿们暂时离开了您，活跃在这广大的战线。放心罢，放心罢，我们就要见面，那就是最后胜利到来的时间。

选自新光音乐研究社编印《新歌手册》，1942 年，第 15 页。

严华

严华（1912～1992），原名严文新，江苏南京人。作曲家、演员，曾活跃于 20 世纪30、40 年代的上海。

送君

严华 词曲

送君送到百花洲，长夜孤眠在画楼。梧桐叶落秋已深，冷月青光无限愁。

送君送到百花亭，默默无言难舍情。鸟语花香情难舍，万分难舍有情人。

送君送到百花江，好花哪有百日香。天边一只失群雁，独自徘徊受凄凉。

送君送到百花路，心比黄莲还要苦。失意泪洒相思地，天也感伤雨如注。

作于 1939 年，是电影《七重天》插曲，该影片 1939 年由国华影片公司摄制。曲调为起承转合式的一体结构。选自刘佳声编著《二十世纪中国歌曲史编（1900～1949）》上册，内蒙古少年儿童出版社，2000年，第307～308页。

四季等郎来

严华 词曲

桃花红，李花白，艳丽芬芳杏花开。花香人俊成热恋，拂柳春风等郎来。

晚风凉，明月来，娟秀清香荷花开。枕边尽洒相思泪，玉榻独栖等郎来。

秋风起，群雁来，萧瑟幽香桂花开。桂花落地成金片，片片浓情等郎来。

一年去，一年来，带雪含霜梅花开。梅花落地成雪片，隔窗看雪等郎来。

选自晨枫主编《百年中国歌词博览》，安徽文艺出版社，2011年，第179～180页。

方冰

方冰（1914～1997）原名张世方，到延安后改笔名方冰，安徽淮南人，1938年入陕北公学学习。同年加入中国共产党。创作的诗歌《歌唱二小放牛郎》曾到处传唱。1978年后继续写了不少诗作，1985年出版有诗集《大海的心》。

歌唱二小放牛郎

方冰 词，劫夫 曲

牛儿还在山坡吃草，放牛的却不知哪儿去了。不是他贪玩耍丢了牛，那放牛的孩子王二小。

九月十六那天早上，敌人向一条山沟扫荡。山沟里掩护着后方机关，掩护着几千老乡。

正在那十分危急的时候，敌人快要走到山口。昏头昏脑地迷失了方向，抓住了二小要他带路。

二小他顺从地走在前面，把敌人带进我们的埋伏圈。四下里乒乒乓乓响起了枪炮，敌人才知道受了骗。

敌人把二小挑在枪尖，摔死在大石头的上面。我们那十三岁的王二小，英勇的牺牲在山间。

干部和老乡得到了安全，他却睡在冰冷的山间。他的脸上含着微笑，他的血染红蓝蓝的天。

秋风吹遍了每个村庄，它把这动人的故事传扬。每一个老乡都含着泪水，歌唱着二小放牛郎。

作于 1942 年，这是一首广为流传的叙事歌曲。选自唐杨科、杨定书编《中国抗战歌曲精选》，西南师范大学出版社，2015 年，第 52 页。

李隽青

李隽青（1897 ~ 1966 年），上海人，毕业于上海大同大学。中国早期流行音乐著名艺术家，有许多优秀的作品问世。歌词很接近口语，文字深入浅出。曾为多部电影写歌词。

渔家女

李隽青 词，陈歌辛 曲

天上旭日初升，湖面好风和顺。摇荡着渔船，摇荡着渔船，做我们营生。手把网儿张，眼把鱼儿等，一家的温饱就靠这早晨，男的不洗脸，女的不搽粉，大家各自找前程。不管是夏是冬，不管是秋是春，摇荡着渔船，摇荡着渔船，做我们的营生，做我们的营生。

作于 1943 年。选自刘佳声编著《二十世纪中国歌曲史编（1900 ~ 1949）》上册，内蒙古少年儿童出版社，2000 年，第 399 ~ 400 页。

不变的心

李隽青 词，陈寿昌 曲

你是我的灵魂，你是我的生命。我们像鸳鸯般相亲，鸾凤般和鸣。

你是我的灵魂，你是我的生命。经过了分离，经过了分离，我们更坚定。

你就是远得像星，你就是小得像萤。我总能得到一点光明，只要有你的踪影！

一切都能改变，变不了是我的心！一切都能改变，变不了是我的情。你是我灵魂，也是我的生命。

1944 年中华电影联合股份有限公司摄制电影《鸾凤和鸣》主题曲。选自陈钢等编《上海老歌名典》(新版)，上海辞书出版社，2007 年，第 232 ~ 234 页。

宋扬

宋扬（1918 ~ 2004），原名子秋，湖北汉川马口镇人，作曲家。1938 年毕业于黄冈仓子埠正源中学，后考入国民政府武汉军委会战时工作干部训练团。1944 年，创作出一生中最有影响的《读书郎歌》。1948 加入中国共产党。曾任抗敌演剧四队音乐创作员。

读书郎

宋扬 词曲

小嘛小二郎，背着那书包上学堂。不怕太阳晒，也不怕那风雨狂。只怕那先生骂我懒哪，没有学问（啰），无脸见爹娘。嘟里格嘟里格嘟里格嘟，没有学问（啰），无脸见爹娘。

小嘛小儿郎，背着那书包上学堂。不是为做官，也不是为面子光。只为穷人要翻身哪，不受人欺负（喂），不做牛和羊。嘟里格嘟里格嘟里格嘟，不受人欺负（喂），不做牛和羊。

作于 1944 年。选自晨枫主编《百年中国歌词博览》，安徽文艺出版社，2011 年，第 190 页。

梅阡

梅阡（1916 ~ 2002），曾用名梅曾溥。自 1939 年起从事戏剧电影编导工作。曾任中国戏剧家协会理事，北京市剧协常务理事，北京市政协委员，北京人民艺术剧院导演、艺术委员会委员。

魂断蓝桥

梅阡 词，陈歌辛 曲

恨今朝相逢已太迟，今朝又别离。流水呜咽，落花如雨，无限惜别离。
白石为凭，明月作证，我心早相许。今后天涯，愿常相忆，爱心永不移。

为君断肠为君断魂，谅君早知矣。恨重如山，命薄如絮，白首更难期。
白石为凭，明月作证，我心早相许。天上人间，愿常相忆，爱心永不移。

上海艺华影片公司 20 世纪 40 年代摄制的电影《魂断蓝桥》主题歌。选自晨枫主编《百年中国歌词博览》，安徽文艺出版社，2011 年，第 192 页。

吴祖光

吴祖光（1917 ~ 2003），江苏常州人，著名学者、戏剧家、书法家、社会活动家。主要代表作有话剧《凤凰城》《正气歌》《风雪夜归人》，评剧《花为媒》，京剧《三打陶三春》和导演的电影《梅兰芳的舞台艺术》《程砚秋的舞台艺术》，并有《吴祖光选集》六卷本行世。

流亡之歌

吴祖光 词，张定和 曲

黑龙江上，长白山头，江山如锦绣。战鼓惊天，烽烟匝地，沦落我神州。
妻离子散，国破家危，辛苦君知否？流亡四海，浪迹天涯，终岁劳奔走。

惨目伤心，凄凉难回首。往事如烟，家山如梦，何处是归程？一般新月，
两样情怀，游子倍伤心。夜色沉沉，林风飒飒，踽踽独自行。大地寂寂，
前路茫茫，纷纷泪满襟。当日欢乐，而今无处寻。

作于 1937 年，系吴祖光创作话剧《凤凰城》中的主题歌。选自袁行霈主编，赵仁珪执
行主编《诗壮国魂：中国抗日战争诗钞（歌词歌谣）》，中国青年出版社，2015 年，第
179 ~ 180 页。

小小洞房

吴祖光 词，陈歌辛 曲

小小洞房灯明亮，手扶栏杆细端详。象牙床挂红罗帐，珊瑚双枕绣鸳鸯。
鸳鸯戏水水翻浪，水上人影一双双。春来杨柳千条线，情丝长绕有情郎。

作于 1947 年，是 1947 年 4 月大中华影业公司摄制的故事片《莫负青春》的插曲。选自刘
佳声编著《二十世纪中国歌曲史编（1900 ~ 1949）》上册，内蒙古少年儿童出版社，2000
年，第 491 ~ 492 页。

莫负青春

吴祖光 词，陈歌辛 曲

山南山北，都是赵家庄，赵家庄有一个好姑娘。要问那姑娘长得怎么
好，你就问庄前庄后的少年郎。她减一分瘦来增一分胖。一张樱桃口，
一条悬胆的鼻梁，一双眼两颗星，水上的波浪，满头的青丝飘啊飘啊那
么长！

三月桃花开，四月菜花黄。那家张生敢跳粉白墙，四尺墙难过把青天上，
可就是关不住满院子春光。年轻的小伙子哪个不想，心里头想嘴里不敢
声张。谁来斗斗狠，谁来比比强，谁要是强啊，谁就娶这好姑娘。

作于 1947 年，是 1947 年 4 月大中华影业公司摄制的故事片《莫负青春》的主题歌。选
自刘佳声编著《二十世纪中国歌曲史编（1900 ~ 1949）》上册，内蒙古少年儿童出版社，
2000 年，第 493 ~ 494 页。

明月千里寄相思

金流 词曲

夜色茫茫罩四周，天边新月如钩。回忆往事恍如梦，重寻梦境何处求？
人隔千里路悠悠，未曾遥问心已愁。请明月代问候，思念的人儿泪长流。

夜色朦朦夜未尽，周遭寂寞宁静。桌上寒灯光不明，伴我独坐苦孤伶。
人隔千里无音讯，欲待遥问终无凭。请明月代问候，寄我片纸儿慰离情。

作于 20 世纪 40 年代。选自曾宪瑞主编《中国当代歌词精选》，广西民族出版社，2008 年，第 500 页。

南泥湾

贺敬之 词，马可 曲

花篮的花儿香，听我来唱一唱，唱呀一唱。来到了南泥湾，南泥湾好地方。好地方来好风光，到处是庄稼，遍地是牛羊。

往年的南泥湾，到处是荒山，没呀人烟。如今的南泥湾，与往年不一般。再不是旧模样，是陕北的好江南。

陕北的好江南，鲜花开满山，开呀满山。学习那南泥湾，处处是江南。又学习来又生产，三五九旅是模范。咱们走向前，鲜花送模范！

作于 1943 年，是新编秧歌舞《挑花篮》中的选曲。选自袁行霈主编，赵仁珪执行主编《诗壮国魂：中国抗日战争诗钞（歌词歌谣）》，中国青年出版社，2015 年，第 193 ～ 194 页。

曹火星

曹火星（1924 ～ 1999），原名曹峙，河北平山人，著名作曲家。1938 年参加革命后一直在晋察冀边区群众剧社工作，此间曾入华北联大文艺学院音乐系学习作曲和指挥。解放后，曾任天津市音工团副团长，天津歌舞团团长、创作组组长，天津歌舞剧院副院长、院长等。

没有共产党就没有新中国

曹火星 词曲

没有共产党就没有新中国，没有共产党就没有新中国。共产党辛劳为民族，共产党他一心救中国。他指给了人民解放的道路，他领导中国走向光明。他坚持抗战八年多，他改善了人民生活。他建设了敌后根据地，他实行了民主好处多。没有共产党就没有新中国，没有共产党就没有新中国。

作于 1943 年，原名《没有共产党就没有中国》，1949 年改用现名。选自韩万斋主编《燃烧的旋律——纪念反法西斯战争胜利 70 周年歌曲集》，四川文艺出版社，2015 年，第 145 页。

王良弼

王良弼（1887～1936），郓城县安屯村人，柳子剧著名演员，早期学堂乐歌歌词作者与歌曲传播者。在日本留学时，曾与人合编《新编唱歌集》。

四时乐

王良弼 词

春色最宜人，杨柳深青，桃杏娉婷。湖光山色，未免有情。图画天开，淡妆浓抹多佳境。如云胜友，修禊会兰亭。

首夏犹清和，阴浓庭树，香满池荷。读书之乐，其乐如何。暑假期临，纳凉五湖真活泼。同撑小艇，高唱采莲歌。

秋气自清明，小池暑退，高树凉生。洞庭秋月，荡漾湖心。赏菊东篱，浅斟细酌添吟兴。纵横雁影，几阵过疏林。

冬岭尚青青，孤松挺秀，老柏森森。不有岁寒，谁识真心？独占花魁，数点腊梅传风信。诗成天雪，并作十分春。

选自晨枫主编《百年中国歌词博览》，安徽文艺出版社，2011年，第16～17页。

赵铭传

赵铭传，生卒不详，曾编有《东亚唱歌》（1907年）。

梅花

赵铭传 词，〔法〕《我的诺曼底》曲

池塘雪后晚晴天，碧纱窗外，白玉阑前。南檐破晓日初明，铜瓶水暖，纸帐香清。大地寒多几霜霰。此花偏在春先发。逗春光，露春色，陇头早报春消息。我愿青阳遍亚洲，处处春花处处游，回转东风世界新，梅花独冠群英首。

选自赵铭传编《东亚唱歌》，上海书局，1907 年。系赵铭传以法国人贝拉作曲的《我的诺曼底》重新填词。

钱塘潮

赵铭传 词，〔德〕亨德尔 曲

海水万涛奔，银山十丈倾。一轮明月天晴，大地烛光莹。两岸峰峦排画稿，白马驰中道。何处层楼高耸，龙嘴江干庙。露气散琼华，遥空浅淡霞。明镜高悬秋夜，皓雪浪掀花。

百战沙场却虏威，英雄今日得胜归。鼓鼙动地声声报，角笛喧天处处吹。争献棕榈酬国士，高歌凯乐迎旌麾。丰功伟业盖天下，赫赫英名万古垂。

选自赵铭传编《东亚唱歌》，上海书局，1907 年。

佚名

山海关

佚名 词，〔德〕卡尔·威廉 曲

天山之角，炮声雷鸣；渤海之滨，弹丸雨纷；冀北关河天险存。君不见，长途蔽战云。骁骑振作我朔方兵，国旗坚守我汉家营。吁嗟乎，我歌兮我心惊，壮男儿收取关东五十城。

选自晨枫主编《百年中国歌词博览》，安徽文艺出版社，2011 年，第 23 页。

胡寄尘

胡寄尘（1886～1938），字怀琛，别署季仁、季尘、有怀、秋山，泾县溪头都人。早年毕业于上海育才学校。辛亥革命时，曾协助柳亚子编辑《警报》，服务商务印书馆编译所多年。善写短篇小说和诗词。著有《小说革命军》《胡寄尘小说集》《中国诗学通评》《中国文学通评》《修辞学要略》等。

旅行

胡寄尘 词

雨洗天晴，风吹日暖，今日好风光。一里两里，三人五人，携手且同行。选胜探奇，登山临水，但觉胸怀畅。把俗虑尘襟一旦忘掉。白杨，残阳，览古迹莫悲伤；山乡，水邦，对美景且徜徉。趁脚芒鞋，随身纸盖，再有一诗囊，我要把溪山囊里面装。

选自《民国唱歌集》第四集。收入陈一萍编《名曲填词歌曲》，湖北教育出版社，1992年，第141页。

王元振

王元振（1896～1972），毕业于上海城东女学（爱国女学前身），早期学堂乐歌歌词作者，抗战期间创作了大量学校歌曲的歌词。

落花

王元振 词

碎玉纷纷随风舞，春去谁能留住？红褪香消辞树去，应向枝头泣诉。几日春光，雨滋日煦，嫣然似笑媚妩。而今往事何堪忆，总是红颜难驻。春雨潇潇，落花无数，转眼看化尘土。

春到花梢莺燕妒，艳色人人爱慕。早识朱幡可相护，究竟谁曾护汝？黄叶惊秋，美人迟暮，空对斜阳泣红雨。残枝尚有余香在，只自凄风咽露。流水溶溶，落花无数，漂亮不知何所。

选自晨枫主编《百年中国歌词博览》，安徽文艺出版社，2011年，第27页。

夜读

王元振 词，〔奥地利〕雷哈尔 曲

正星朗朗，月朗朗，灯朗朗；更天气爽，夜风爽、人心爽。听东蟋蟀，西促织，唱和忙，与读书声成交响。仰古学者锥刺股、头悬梁，叹越勾践薪可卧、胆可尝。我细细看，细细读、细细想，觉悠悠然神向往。古今相况，资忖量。

选自晨枫主编《百年中国歌词博览》，安徽文艺出版社，2011年，第28页。

吴宗海

吴宗海（1892～1965），福建安溪人。19岁时出洋谋生，秘密组织同盟分会，在海外积极支持辛亥革命，曾是中国同盟会缅甸分会勃生地区分会的骨干。后回国致力于侨务工作。

热血歌

吴宗海 词，黄自 曲

热血滔滔，热血滔滔，像江里的浪，像海里的涛，常在我心头翻搅。只因为耻辱未雪，愤恨难消。四万万同胞啊！洒着你的热血，去除强暴！热血溶溶，热血溶溶，像火焰般烈，像旭日般红，常在我心头汹涌。快起来为己除害，为国尽忠，四万万同胞啊！凭着你的热血，去争光荣！

作于1932年。选自汪忍平主编《玛纳斯文史资料·音乐专辑续编》，1995年，第119页。

瞿秋白

瞿秋白（1899～1935），生于江苏常州，是中国共产党早期主要领导人之一，伟大的马克思主义者，卓越的无产阶级革命家、理论家和宣传家，中国革命文学事业的重要奠基者之一。著有《瞿秋白论文集》。

赤潮曲

瞿秋白 词

赤潮澎湃，晓霞飞涌，惊醒了五千余年的沉梦。远东古国，四万万同胞，同声歌颂神圣的劳动。猛攻，猛攻，捶碎这帝国主义万恶丛。奋勇，奋勇，解放我殖民世界之劳工。无论黑白黄，无复奴隶种。从今后，福音遍天下，文明只待共产大同。看，光华万丈涌！

选自刘瑀、刘德隆编《砥砺人生放光华——革命先驱励志诗词选》，中华工商联合出版社，2014年，第75页。

北方吹来十月的风

佚名 词

北方吹来十月的风，惊醒我们苦弟兄。无产阶级快起来，联合农民去进攻。红旗一举天地明，铁锤一举山河动。中国诞生共产党，燎原星火满天红。中国诞生共产党，燎原星火满天红。

选自刘传编配《流行金曲大全》第5集《老歌经典》，南海出版公司，2002年，第81页。

八月桂花遍地开

佚名 词　李焕之 编曲

八月桂花遍地开，鲜红的旗帜竖呀竖起来。张灯又结彩呀，张灯又结彩呀，光辉灿烂闪出新世界。红军队伍真威风，百战百胜最英勇。活捉张辉瓒呀，打垮罗卓英呀，粉碎了蒋贼的大围攻。一杆红旗飘在空中，红军队伍要扩充。保卫工农新政权，带领群众闹革命，红色战士最光荣。亲爱的工友们哪，亲爱的工友们哪，拿起刀枪都来当红军，拿起刀枪都来当红军。

作于1930年前后。选自刘习良主编《歌声中的20世纪：百年中国歌曲精选》，中国国际广播出版社，1999年，第34～36页。

钟天心

钟天心（1902～1987），字汝中，广东省五华县岐岭镇黄福人。先后毕业于南开中学与北京大学，历任黄埔军校潮州分校政治教官兼东路军总政治部编纂委员、广州市政府秘书。继任国民党上海特别市党部常委兼上海交通大学训育主任。曾主编《改造月刊》。

黄花岗纪念歌

钟天心 词

看黄花岗上民族的先锋，把生命敲响革命的血钟。正春光明媚，杨柳依依，谁忍永别父母与妻儿？争取民族的自由解放，誓将白骨长埋黄花岗。黄花落，黄花开，斯人一去不复回！但愿四万万五千万同胞齐起来！踏着我们先烈奋斗牺牲的血路，保卫中华，复兴中华，大中华永生。

选自吴新伟、陈连静编《同一首歌——30～40年代经典歌曲100首》，现代出版社，2005年，第130页。

孙师毅

孙师毅（1904～1966），别名施谊，原籍浙江省杭州市，中国电影编剧、歌词作家。代表作品《新女性》《开路先锋歌》和《大路歌》等。

飞花歌

孙师毅 词，聂耳 曲

春季里花开飞满天，桃花万点，红遍人间；杏花一片，暖讯争先。赏花人只道花儿艳，种花人清泪落花间。

夏季里花开红照眼，榴花开遍，火样明鲜，荷花吐艳，十里红田。赏花人只道花儿艳，种花人汗珠滴花间。

秋季里花飞随去雁，桂花不剪，香气回旋，菊花磨炼，傲立霜前。赏花人只道花儿艳，种花人寒衣还未剪。

冬季里花飞飞雪片，雪花扑面，愁上眉尖，梅花刚健，开到明年。赏花人只道花儿艳，种花人挣扎待春天。

选自刘以光著《中国歌词简史》，厦门大学出版社，2008年，第94～95页。

自由神之歌

孙师毅 词，吕骥 曲

工农兵学商，大家一条心。不分男女性，合力奔前程。我们不要忘了救亡的使命，我们是中国的主人，中国的主人！中国的主人！莫依恋你那破碎的家乡，莫珍惜你那空虚的梦想。按住你地创伤，挺起你的胸膛，争回我们民族底自由解放！自由解放！自由解放！穿上意志的武装，踏进人生的战场；擎起自卫底刀枪，制止敌人的猖狂！争回我们民族的自由解放！中国已经笑破了它的黑夜茫茫，人民已经锻炼了他的意志成钢；前途已经展现了光明的希望，看，看自救的烽火，燃遍了四方！

作于1935年，是电影《自由神》的主题曲。选自刘佳声编著《二十世纪中国歌曲史编（1900～1949）》上册，内蒙古少年儿童出版社，2000年，第192～193页。

新的女性

孙师毅 词，聂耳 曲

新的女性，是生产的女性大众。新的女性，是社会的劳工。新的女性，是建设新社会的前锋。新的女性，要和男子们一同，翻转起时代的暴风。暴风，我们要将它唤醒民族的迷梦；暴风，我们要将它造成女性的光荣。不做奴隶，天下为公。不分男女，世界大同。新的女性，勇敢向前冲！新的女性，勇敢向前冲！

选自王若浩、石云主编《抛头颅 洒热血》，内蒙古科学技术出版社，2012年，第180～182页。

开路先锋

孙师毅 词　聂耳 曲

轰！轰！轰！哈哈哈哈！轰！我们是开路的先锋！不怕你关山千万重，几千年的化石，积成了地面的山峰。前途没有路，人类不相通。是谁？障碍了我们的进路，障碍重重？大家莫叹行路难，叹息，无用！我们，我们要引发地下埋藏的炸药，对准了它，轰！轰！轰！轰！看岭塌山崩，天翻地动！炸倒了山峰，大路好开工。挺起了心胸，团结不要松！我们，我们是开路的先锋！轰！轰！轰！哈哈哈哈！

1934 年拍摄的影片《大路》插曲。选自人民音乐出版社编辑部编《五月的鲜花——五四以来歌曲选》，人民音乐出版社，1980 年，第 57～59 页。

江南三月

孙师毅 词，冼星海 曲

江南三月好风光呀，粉蝶纷飞对对双。水车声伴着山歌响呀，河边阿姐洗衣裳。

江南三月好风光呀，柳叶长垂到水塘。牛背上牧童吹笛过呀，笛声嘹亮送斜阳。

江南三月好风光呀，油菜花开遍地黄。只盼到今年收成好呀，老天不负一春忙。

作于 1938 年初。选自刘佳声编著《二十世纪中国歌曲史编（1900～1949）》上册，内蒙古少年儿童出版社，2000 年，第 283～284 页。

西洋镜歌

孙师毅 词，赵元任 曲

望里头看来望里头张，单看这满街的灯火辉煌的亮。嘿嘿嘿，过来往里看！嘿嘿嘿，过来往里张！嘿！十里洋场有九里黄，十个青年人有九个彷徨。卖力的有力无处卖，出门人看你向何方。

望里头看来望里头瞧，单听这汽车的喇叭呜呜地叫。嘿嘿嘿，过来往里看！嘿嘿嘿，过来往里瞧！嘿！十个大姑娘有九个俏，十家的买卖有九家萧条。有钱人有钱无处放，没钱人在风雨里正飘摇。

望里头看来望里头瞅，单瞅这来来去去的天天有。嘿嘿嘿，过来往里看！嘿嘿嘿，过来往里头瞅！嘿！要活命就得自己救，十字街头你切莫停留。再造起一个新世界，嘿！往前凭着你自己的手！

选自汪毓和编著《中国近现代音乐史》（第三次修订版），人民音乐出版社，2009 年，第 92 ～ 96 页。

许幸之

许幸之（1904 ～ 1991），学名许达，笔名霓璐、天马、屈文、丹沙，自幼爱好绘画，江苏扬州人，1919 年考入上海美专学习西画，后得郭沫若资助，赴日留学。创作了《工人之家》《铺路者》等现实主义的油画作品。同时他还投入大量精力于影剧的编导和诗歌的创作，成绩斐然。

铁蹄下的歌女

许幸之 词，聂耳 曲

我们到处卖唱，我们到处献舞。谁不知道国家将亡，为什么被人当作商女？为了饥寒交迫，我们到处哀歌。尝尽了人生的滋味，舞女是永远的漂流。谁甘心做人的奴隶，谁愿意让乡土沦丧？可怜是铁蹄下的歌女，被鞭挞得遍体鳞伤。

作于 1935 年。选自胡爱生选编《百年经典歌曲 2000 首》，青海人民出版社，2003 年，第 566 页。

戴望舒

戴望舒（1905～1950），笔名戴梦鸥、江恩、艾昂甫等，生于浙江杭州，中国现代著名的诗人，为中国现代象征派诗歌的代表。因《雨巷》成为传诵一时的名作，他被称为"雨巷诗人"。无论理论还是创作实践，他都对中国新诗的发展产生过相当大的影响。诗集有《我的记忆》《望舒草》《望舒诗稿》《灾难的岁月》《戴望舒诗集》等，另有译著等数十种。

秋天的梦

戴望舒 词

迢遥的牧女的羊铃，摇落了轻的树叶。秋天的梦是轻的，那是窈窕的牧女之恋。于是我的梦是静静地来了，但却载着沉重的昔日。唔，现在，我是有一些儿寒冷。一些儿寒冷，和一些儿忧郁。

选自李平收、左小玉选编《经典校园歌曲（续）》，南海出版公司，2004年，第37页。

初恋

戴望舒 词

我走遍漫漫的天涯路，我望断遥远的云和树。多少的往事堪重数，你呀，你在何处？我难忘你哀怨的眼睛，我知道你的沉默的情意。你牵引我到一个梦中，我却在别个梦中忘记你。啊，我的梦和遗忘的人啊，受我最初祝福的人！终日我灌溉着蔷薇，却让幽兰枯萎。

选自罗洪、马怡雯编选《难忘的旋律——中国二十世纪三四十年代流行歌曲集》，花城出版社，2012年，第228页。

朱偰

朱偰（1907～1968），字伯商，浙江海盐县人，幼承庭训，熟读诗词歌赋。1925年考入北京大学政治学本科，1929年毕业。历任国立中央大学经济系教授、系主任兼国立编译馆编审，专卖事业司司长，赋税署副署长、署长等。1949年中华人民共和国成立后，继任南京大学经济系教授、系主任，江苏省文化局副局长等。著作有《日本侵略满蒙之研究》《南京的名胜古迹》《漂泊西南天地间》《浙江海圩建筑史》等，同时发表多篇政治、经济、文学类论文。另有文艺创作多篇：小说《泡影》《怅望》《流到人间去的红叶》等；译作有《漪溟湖》《燕语》等。

出征歌

朱偰 词

车辚辚，马萧萧，枪在肩，刀出鞘，男儿报国在今朝。死有重于泰山，或轻于鸿毛。不共戴天仇必报，杀尽敌寇恨方消。铁骑东征倭，轻车夜渡辽。收复山海关，直捣傀儡巢。山隐隐，水迢迢，江山满腥臊。不收复失地，誓不见同胞！

选自徐建荣主编，海盐县政协文教卫体与文史委员会编《孤云汗漫：朱偰纪念文集》，学林出版社，2007年，第600页。

方之中

方之中（1907～1987），原名方针，笔名方镜、方怀凌、方仁中、指南，湖南省华容县人。1925年入黄埔军校第四期学习。1927年加入中国共产党，同年参加湘鄂西秋收暴动。曾结识王学文、潘梓年、田汉、阳翰笙等左翼作家，由田汉介绍加入"南国社"，并在田汉的指导下开始写作。

巷战歌

方之中 词

脚尖落地，轻轻呼吸。紧捏住武器，掩藏着身体。从黑暗的深巷，从荒凉的墓地，从破旧的窗口，从高耸的屋脊。我们爬行，我们偃息，我们静听敌人的足音，我们防御敌人的偷袭。看吧！

国土抢去了三分之一！听吧！枪炮震破了天和地！千万人炸成肉泥，千万人做了奴隶。谁无父母？谁无儿妻？昨夜一堂共欢笑，今朝生死各东西。这是血海的冤仇，报复责任在自己。我们要以猛烈的巷战，争取抗战的最后胜利！

选自贺锡德编著《365首中国古今名曲欣赏：古代歌曲·民间歌曲·近现代歌曲（声乐卷上）》，人民音乐出版社，2005年，第247页。

陈蝶衣

陈蝶衣（1907～2007），原名陈元栋，笔名狄薏、陈式、陈涤夷、玉鸳生、方忏，江苏常州武进人，中国最早的流行歌曲作家、著名词作家。1933年他创办我国历史上第一张有影响的娱乐报刊《明星日报》，并策划了中国历史上第一次大众参与的选美活动——"电影皇后选举大会"，选出了中国第一位电影皇后。1941年6月创办我国老牌名刊《万象》，并出任首任主编。

凤凰于飞 (二)

陈蝶衣 词，陈歌辛 曲

柳媚花妍，莺声儿娇，春色又向人间报到。山眉水眼盈盈笑，我又投入了爱的拥抱。

像凤凰于飞在云霄，一样的逍遥。像凤凰于飞在云霄，一样的轻飘。分离不如双栖的好，珍重这花月良宵。分离不如双栖的好，且珍惜这青春年少。莫把流光辜负了，莫把流光辜负了。要学那凤凰于飞，凤凰于飞在云霄。

选自陈钢等编《上海老歌名典（新版）》，上海辞书出版社，2007年，第230～231页。

我的心里只有你没有他

陈蝶衣 词，佚名 曲

我的心里只有你没有他，你要相信我的情意并不假。只有你才是我梦想，只有你才叫我牵挂。我的心里只有你没有他，你要相信我的情意并不假。我的眼睛为了你看，我的眉毛为了你画，从来不是为了他。自从那日送走你回了家那一天，不时我把自己恨自己骂。只怪我，当时没有把你留下。对着你把心来挖，让你看上一个明白。看我心里可有他，我的心里只有你没有他，你要相信我的情意并不假。我的眼泪为了你流，我的眉毛为了你画，从来不是为了他。

选自云起选编《中外情歌经典》，蓝天出版社，2008 年，第 274 页。

刘西林

刘西林，河北沧县人。1937 年，18 岁的刘西林参加八路军，第二年被分配到贺龙领导的 120 师战斗剧社，到冀中发动和宣传群众对敌人做斗争，从事一些民歌的记谱和配歌工作。1942 年，刘西林被派往延安鲁艺学习。1943 年春，在毛泽东《在延安文艺座谈会上的讲话》精神指导下，刘西林随战斗剧社到晋绥边区开展大秧歌运动。

解放区的天

刘西林 词曲

解放区的天是晴朗的天，解放区的人民好喜欢。民主政府爱人民呀，共产党的恩情说不完。呀呼咳咳，一个呀咳。呀呼咳呼咳，呀呼咳，咳！咳！呀呼咳咳，咿呼呀咳！

选自李小勇编《群众歌会红歌经典》，安徽文艺出版社，2013 年 5 月，第 60 ～ 61 页。

刘永济

刘永济（1887～1966）字弘度、宏度，号诵帚，晚年号知秋翁，室名易简斋，晚年更名微睇室、诵帚庵，湖南省新宁县人。1911年就读于清华大学。1916年毕业于清华大学语文系。历任长沙中学教师，沈阳东北大学教授，武昌武汉大学教授兼文学院院长，浙江大学、湖南大学及武汉大学语文系教授、文学史教研组主任。湖南文联副主席，中国作家协会武汉分会理事、《文学评论》编委等。

满江红

——东北大学抗日义勇军军歌

刘永济 词

辽吉沦陷，东北诸生痛心国难，自组成军，来征军歌，以作敌忾之气，为谱此调与之。

禹域尧封，是谁使，金瓯破缺？君不见，铭盂书鼎，几多豪杰。交趾铜标勋迹壮，燕然勒石威名烈。忍都将神胄化舆台，肝肠裂。

天柱倒，坤维折。填海志，终难灭。挽黄河净洗，神州腥血。两眼莫悬阊阖上，支身直扫蚊龙穴。把乾坤大事共担承，今番决。

作于1931年。选自袁行霈主编，赵仁珪执行主编《诗壮国魂：中国抗日战争诗钞（歌词歌谣）》，中国青年出版社，2015年，第4页。

佚名

江水

佚名 词曲

千尺流水，百里长江，烟波一片茫茫；离情别意，随波流去，不知流到何方？

选自刘佳声编著《二十世纪中国歌曲史编（1900～1949）》上册，内蒙古少年儿童出版社，2000年，第143页。

贺永年

西湖春晓

贺永年 词，贺绿汀 曲

高高朝阳上柳梢，淡淡轻烟漫山腰。听！柳浪莺声报晓，美丽的西子醒了。看！清波随风荡漾，明媚的西子笑了。画舫轻棹荡进西子怀抱，青山绿水船在画里摇。摇摇摇摇，努力把船要摇。人在镜中悬，船在画里摇。

作于1934年，是1934年沈西苓编导的电影《船家女》的插曲。选自刘佳声编著《二十世纪中国歌曲史编（1900～1949）》上册，内蒙古少年儿童出版社，2000年，第151页。

高季琳

高季琳，即柯灵（1909～2000），原名高季琳，笔名朱梵、宋约，原籍浙江绍兴，生于广州，中国电影理论家、剧作家、评论家。曾任《文汇报》副社长兼副总编、上海电影剧本创作所所长、上海电影艺术研究所所长、《大众电影》主编、上海作协书记处书记、上海影协常务副主席等职。

乡愁曲

高季琳 词，贺绿汀 曲

大地茫茫，哪里是我的故乡？眼前是酒绿灯红，悠扬的音乐在耳边响！心儿沉醉，人儿轻狂。小姐们巧笑倩嗔，绅士们浅斟低唱。看不见国事的沧桑，听不见大兵的嗟伤。轻歌妙舞夜未央，好一片太平的景象！

大地茫茫，哪里是我的故乡？张望那遥远的北方，锦绣的山河已沦亡！遍地哀鸿，满眼创伤。敌人的枪炮震天响，同胞们血染荒场！毁灭了城市和村庄，离散了儿女和爹娘！天南地北在流浪，在流浪，哪里是我们的家乡？

作于1934年，影片《乡愁》主题歌。选自人民音乐出版社编辑部编《五月的鲜花——五四以来歌曲选》，人民音乐出版社，1980年，第118页。

孙石灵

孙石灵（1909～1956），原名大珂，别号奇玉，笔名石灵，原籍江苏灌云县，出生于江苏盐城。他早在学生时代就加入中国共产党。在上海暨南大学读书时参加了中国左翼作家联盟和社联，从事创作活动，宣传革命思想。在日军侵略我国期间，他创作了许多剧本、小说、杂文、诗歌等，进行抗日救国活动。

码头工人

孙石灵 词，聂耳 曲

从朝搬到夜，从夜搬到朝。眼睛都迷糊了，骨头架子都要散了。搬哪！搬哪！唉咿哟嗨！唉咿哟嗨！笨重的麻袋钢条，钢条、铁板、木头箱，都往我们身上压吧，为了两顿吃不饱的饭。

成天流汗，成天流血。在血和汗的上头，他们盖起洋房来！搬哪，搬哪！哎咿哟嗨！（白）一辈子这样下去吗？不！兄弟们，团结起来！向着活着的路上走！搬哪，搬哪！哎咿哟嗨！

作于1934年，是歌剧《扬子江暴风雨》的选曲之一。选自戴莉蓉、冉光彪编《声乐曲选集（中国部分）》（第5版），西南师范大学出版社，2014年，第27～28页。

廖辅叔

廖辅叔（1907～2002），广东省惠州市人，杰出的音乐理论家，诗人和翻译家。1930年起在《乐艺》季刊、《大公报》等报刊发表音乐方面的文章。抗战期间致力于德奥文学的翻译。曾任教于上海国立音乐专科学校、南京国立音乐学院。后移居北京，在中央音乐学院任教。著作有《中国文学欣赏初步》《中国古代音乐史》《谈词随录》《萧友梅传》《乐苑谈往》等，译著有《阴谋与爱情》《瓦格纳论音乐》《西洋音乐发展史论纲》等。

西风的话

廖辅叔 词，黄自 曲

去年我回去，你们刚穿新棉袍。今年我来看你们，你们变胖又变高。你们可记得池里荷花变莲蓬？花少不愁没颜色，我把树叶都染红。

选自刘佳声编著《二十世纪中国歌曲史编（1900～1949）》上册，内蒙古少年儿童出版社，2000年，第191页。

塞克

塞克（1906～1988），原名陈秉钧，20世纪20年代后期从事话剧电影活动时曾用陈凝秋之名。30年代中期取"塞克"（"布尔塞维克"之缩略）为名并沿用终生。1927年在上海参加田汉领导的"南国社"，演出《南归》一剧广受好评，创作演出了《流民三千万》《铁流》等抗日剧目。同时，他也是中国救亡歌曲的重要词作者和新音乐运动的旗手之一。著名的救亡歌曲《救国军歌》《心头恨》《抗日先锋队》等的歌词都出于他之手。

救国军歌

塞克 词，冼星海 曲

枪口对外，齐步前进！不伤老百姓，不打自己人！我们是铁的队伍，我们是铁的心，维护中华民族，永做自由人！

枪口对外，齐步前进！维护中华民族，永做自由人！装好子弹，瞄准敌人，一弹打一个，一步一前进。我们是铁的队伍，我们是铁的心，维护中华民族，永做自由人！

装好子弹，瞄准敌人，维护中华民族，永做自由人！

作于 1936 年。选自中央音乐学院出版社编辑部编《我们万众一心——抗战歌曲七十首》（简谱版），中央音乐学院出版社，第 40 ~ 41 页。

流民三千万

塞克 词，冼星海 曲

殷红的血，映照着火热的太阳。突进的力，急跳着复仇的决心。我们是黑水边的流亡者，我们是铁狱里的归来人。暴日的铁蹄踏碎黑水白山，帝国主义的炮口，对准着饥饿的民众，青天已被罪恶的血手撕裂！长空飞闪着血雨腥风！我们衔着最大的仇恨！我们拼着最后的决心！洗清我中华民族的国土，开辟条解放奴隶的道路。

作于 1935 年。选自雍桂良、王保华主编《中华民国诗词大典》第 5 册，时代文艺出版社，2009 年，第 679 页。

耕农歌

塞克 词，冼星海 曲

天干土硬地难耕，犁头比不上那收租的拳头硬。一年播下三季种，不是水灾它闹蝗虫。水旱虫灾我都逃过，临秋收啦又闹大兵。大兵抢去我的粮食喂战马，拉夫抽捐哪闹不清。一家子饿得干柴瘦，白白的累死我的老耕牛。

作于 1935 年。选自冼星海作《冼星海歌曲选》，人民音乐出版社，1979 年，第 46 ~ 47 页。

保卫卢沟桥

塞克 词

敌人从哪里来，把他打回哪里去！中华民族是一个铁的集体！我们不能失去一寸土地！兵士战死，有百姓来抵；丈夫战死，有妻子来抵！中华民族是一个铁的集体！我们不能失去一寸土地！敌人从哪里来，把他打回哪里去。

作于 1937 年。选自阙仲瑶编《抗战歌曲选》，抗建出版社，1939 年，第 50 页。

战斗的妇女

塞克 词，冼星海 曲

冰河在春天里解冻，万物在春天里复生。全世界被压迫的妇女，在三八节喊出自由的吼声！从此，我们永远打出毁人的牢笼！苦难使我们变得更坚定！旧日的闺秀，变成新时代的英雄。我们像火花，像火药，像天空的太阳一样光明！武装起头脑，武装起身体，勇敢的把自己投入民族解放的斗争里。

新光音乐研究社编印《新歌手册》，1942 年版，第 46 ~ 47 页。

钟石根

钟石根，电影编剧、小说家，原为天津华北电影公司编剧。1932 年与费穆、朱石麟、贺孟斧到联华影业公司任职。1934 年为联华影业公司编写出电影剧本《人生》《天伦》等，是费穆电影的主要编剧合作者。

天伦歌

钟石根 词，黄自 曲

人皆有父，翳我独无？人皆有母，翳我独无？白云悠悠，江水东流。小鸟归去已无巢，儿欲归去已无舟，何处觅源头？何处觅源头？莫道儿是被弃的羔羊，莫道儿已哭断了肝肠！人世的惨痛，岂仅是失了爹娘？奋起啊孤儿，警醒吧！迷途的羔羊。收拾起痛苦的呻吟，献出你赤子的心情。"老吾老以及人之老，幼吾幼以及人之幼"。收拾起痛苦的呻吟，献出你赤子的心情。服务牺牲，服务牺牲。舍己为人无薄厚。浩浩江水，蔼蔼白云。庄严宇宙亘古存，大同博爱共享天伦。

1936年，是为电影《天伦》谱写的主题歌。选自刘佳声编著《二十世纪中国歌曲史编（1900～1949）》上册，内蒙古少年儿童出版社，2000年，第216～218页。

雪松

船家女

雪松 词，沙梅 曲

船儿随着微波荡漾，侬在船梢轻轻打桨。船舱里游客饮酒高唱，摇船女却暗自无限凄凉。摇啊，摇啊！摇啊！从早摇到晚，从春摇到冬。让岁月在桨声沧桑，让青春随着浪花消亡。花般的欢乐，烟船的希望，还有那梦幻般的幻想。而今呀，而今呀，只留下满怀惆怅，空伴着山色湖光。

作于1936年。选自刘佳声编著《二十世纪中国歌曲史编（1900～1949）》上册，内蒙古少年儿童出版社，2000年，第223～224页。

罗家伦

罗家伦（1897～1969），字志希，笔名毅，浙江绍兴人，"五四运动"的命名者，是我国近代著名的教育家，思想家，社会活动家。早年求学于复旦公学和北京大学，是蔡元培的学生。1919年，在陈独秀、胡适支持下，与傅斯年、徐彦之成立新潮社，出版《新潮》月刊。同年，当选为北京学生界代表，到上海参加全国学联成立大会，支持新文化运动。五四运动中，亲笔起草了唯一的印刷传单《北京学界全体宣言》，提出了"外争国权，内除国贼"的口号。民国年间，担任国立中央大学、国立清华大学校长之职。南京大学今天的校训"诚、朴、雄、伟"，就是由罗家伦所提出。

玉门出塞

罗家伦 词，李惟宁 曲

左公柳拂玉门晓，塞上春光好。天山融雪灌田畴，大漠飞沙旋落照。沙中水草堆，好似仙人岛。过瓜田碧玉丛丛，望马群白浪滔滔。想乘槎张骞，定远班超，汉唐先烈经营早！当年是匈奴右臂，将来更是欧亚孔道。经营趁早，经营趁早，莫让碧眼儿射西域盘雕！

1937 年 4 月刊登在上海商务印书馆出版的《爱国歌集》中。选自许小青著《诚朴雄伟　泱泱大风——中央大学校长罗家伦》，山东教育出版社，2012 年，第 1～2 页。

张帆

张帆，本名张治安，画家。

故乡

张帆 词，陆华柏 曲

故乡，我生长的地方，本来是一个天堂。那儿有清澈的河流，垂杨夹岸。那儿有茂密的松林，在那小小的山岗。春天新绿的草原有牛羊来往，秋天的丛树灿烂辉煌。月夜我们曾泛舟湖上。在那庄严的古庙，几次凭吊过斜阳。现在一切都改变了！现在已经是野兽的屠场！故乡，故乡，我的母亲，我的家呢？哪一天才能回到你的怀里？那一切是否能依然无恙？

作于 1937 年。选自刘佳声编著《二十世纪中国歌曲史编（1900～1949）》上册，内蒙古少年儿童出版社，2000 年，第 257～259 页。

麦新

麦新（1914～1947），原名孙培元，别名默心、铁克，原籍常熟，生于上海。曾是"歌曲作者协会""歌曲研究会"成员，向冼星海学习作曲和指挥，开始初期创作活动。1937 年全国抗战爆发后，参加了上海歌咏界战时服务团，成为该团领导者之一，从事慰劳伤兵和难民教育工作。1938 年初，加入中国共产党。

大刀进行曲

麦新 词曲

大刀向鬼子们的头上砍去！全国武装的兄弟们，抗战的一天来到了。前面有东北的义勇军，后面有全国的老百姓。咱们中国军队勇敢前进，看准那敌人，——把他消灭！把他消灭！冲啊！大刀向鬼子们的头上砍去！——杀！

作于1937年。选自李晓编《群众歌会经典红歌》，安徽文艺出版社，2013年，第60页。

孙瑜

孙瑜（1900～1990），别名孙仲异，原籍四川自贡，生于重庆。中国当代著名编剧、导演。幼年曾随家人到过上海，在上海的一家戏院中第一次接触到电影。代表电影作品有《野玫瑰》《火山情血》《天明》《小玩意》《体育皇后》《大路》等。

春到人间

孙瑜 词，贺绿汀 曲

春光短，春花残，夏末玫瑰自哀怨。秋风起，秋云黯，转眼冰霜人烟断。雪地行人莫伤叹，冬天春天是侣伴。寒冬既已到人间，春天亦不远！

雪满道，冰塞川，饥饿线上行路难。心互暖，手相牵，劳苦弟兄命相连。雪地行人莫伤感，冬天春天是侣伴。寒冬既已到人间，春天亦不远！

作于1937年，电影《春到人间》主题曲。选自刘佳声编著《二十世纪中国歌曲史编（1900～1949）》上册，内蒙古少年儿童出版社，2000年，第263～265页。

凯丰

凯丰（1906～1955），原名何克全，江西省萍乡市人。1930年加入中国共产党，1931年任团中央宣传部长，1933年前往中央苏区。参加长征，任红九军团中央代表。1937年任中共中央宣传部代部长。新中国成立后，任中共沈阳市市委书记。1952年任中宣部副部长兼马列学院院长。

抗日军政大学校歌

凯丰 词，吕骥 曲

黄河之滨，集合着一群中华民族优秀的子孙。人类解放，救国的责任，全靠我们自己来担承。同学们，努力学习，团结、紧张、严肃、活泼，我们的作风。同学们，积极工作，艰苦奋斗，英勇牺牲，我们的传统。像黄河之水，汹涌澎湃，把日寇驱逐于国土之东，向着新社会前进，前进，我们是抗日者的先锋！

作于1937年。选自雷维模、王远编《放歌90年——流行红歌精选》，安徽文艺出版社，2011年，第67页。

桂涛声

桂涛声（1906～1982），原名桂独生，曾用名浩然、翘然，化名吴璧，涛声是笔名，云南曲靖人。1928年入党，在《战斗》《救中国》两个杂志社工作期间，与冼星海等相配合，创作了许多富有鼓动性、战斗性的抗日战歌。如《送棉衣》《歌八百壮士》《点后曲》《在太行山上》等歌词就是在这时创作的。

歌八百壮士

桂涛声 词，夏之秋 曲

中国不会亡，中国不会亡，你看那民族英雄谢团长。中国不会亡，中国不会亡，你看那八百壮士孤军奋守东战场。四方都是炮火，四方都是豺狼。宁愿死，不退让。宁愿死，不投降。我们的国旗在重围中飘荡！飘荡，飘荡，飘荡，飘荡。八百壮士的一条心，十万强敌不敢当。我们的行动伟烈，我们的气节豪壮。同胞们，起来！同胞们，起来！快快赶上战场，拿八百壮士做榜样。中国不会亡，不会亡。

作于 1937 年。选自雷维模、王远编《放歌 90 年——流行红歌精选》，安徽文艺出版社，2011 年，第 68 页。

在太行山上

桂涛声 词，冼星海 曲

红日照遍了东方，自由之神在纵情歌唱。看吧，千山万壑铁壁铜墙。抗日的烽火，燃烧在太行山上，气焰千万丈。听吧，母亲叫儿打东洋，妻子送郎上战场。我们在太行山上，山高林又密，兵强马又壮。敌人从哪里进攻，我们就要它在那里灭亡。

作于 1938 年。选自刘佳声编著《二十世纪中国歌曲史编（1900～1949）》上册，内蒙古少年儿童出版社，2000 年，第 285～288 页。

任钧

任钧（1909～2003），原名卢奇新，后改为卢嘉文，笔名有卢森堡、叶荫等，广东梅县隆文人。九三学社成员。1926 年开始诗歌创作，1928 年后历任太阳社、中国左翼作家联盟、中国诗歌会、中华全国文艺界抗敌协会成员，上海戏剧学院、上海师范大学、上海音乐学院等学校教授。著有诗集《冷热集》《战歌》《任钧诗选》《为胜利而歌》，诗论集《新诗话》，专著《俄国文学思潮》《艺术方法论》《托尔斯泰最后日记》等。

鲁迅先生挽歌

任钧 词，冼星海 曲

天空里陨落了一颗巨星，黑暗中熄灭了一盏明灯：去了！永远地去了！你一代的文豪！像孩提没有了慈母，像夜行失去了向导，千万人都在同声哀悼！彼此我们只好揩干眼泪，踏着你光荣的足印向前跑！伟大的死者哟，你的名字已经变成了后来者的路标！

选自冼星海等编《抗战歌曲集》，生活书店，1938 年，第 10 页。

申之

战鼓在敲

申之 词，张曙 曲

战鼓在敲，军旗在招，我们的心在烧。看！前面是敌人来了。退？还是进？抗战？还是求饶？最后的关头已经来到，快！快！举起火把，挥起大刀，迎着那狰狰的恶魔，冲上光荣的血道！

选自冼星海等编《抗战歌曲集》，生活书店，1938 年，第 38 页。

成仿吾

成仿吾（1897～1984），原名成灏，笔名石厚生、芳坞、澄实，湖南省新化县人，是中国无产阶级革命家、忠诚的共产主义战士、新文化运动的重要代表、无产阶级教育家和社会科学家、文学家、翻译家。

毕业上前线

成仿吾 词，吕骥 曲

这是时候了同学们，该我们走上前线，我们没有什么挂牵。纵或有点点留恋，学问总不易求得完全。要在工作中去锻炼，困难已经逼到了眉尖，谁有心意长期钻研？我们要去打击侵略者，怕什么千难万险。我们的血沸腾了，不除日寇不回来相见。快跟上来吧，我们手牵手去同我们的敌人血战。别了别了同学们，我们再见在前线。

选自火线歌咏团编选《火线下之歌》，火线歌咏团，1939 年，第 5 页。

西北青年进行曲

成仿吾 词，吕骥 曲

大好河山被侵占，西北已经成了前线。起来，起来，西北的青年，齐为保卫西北而战。我们不做亡国奴隶，我们爱好自由民权。我们生在祖先发祥之地，雪耻救国责在我们双肩。团结统一勇敢向前，那怕血染百里秦川！我们是西北的青年，我们选择了战！战！抗战建国成功不远，抗战建国成功不远！

作于 1938 年，选自雍桂良主编《中国爱国诗词大词典》，时代文艺出版社，1991 年，第 688 ~ 689 页。

叶圣陶

叶圣陶（1894 ~ 1988），原名叶绍钧、字秉臣、圣陶，江苏苏州人。现代作家、教育家、文学出版家和社会活动家，有"优秀的语言艺术家"之称。

少年先锋队

叶圣陶 词

任你时代交给我们的责任多么重，我们有的是石头样的肩头火样的心胸。我们不只是家中儿，不只是学校的学童。我们是中华民国的少年先锋，我们是中华民国的少年先锋。

看我们举起枪和旗帜向前冲锋，我们拿着槌子斧头努力去做工。我们认清我们的路，抗敌建国两不放松。我们是中华民国的少年先锋，我们是中华民国的少年先锋。

选自火线歌咏团编选《火线下之歌》，火线歌咏团，1939 年，第 22 ~ 23 页。

战士之歌

争波 词，黄友棣 曲

杀声摇撼着天地，鼓声震动了山河。我们切莫再迟疑。起来，为祖国而死！任热血洒遍了沙场，任白骨闪耀着磷光，我们只有认清楚敌人，紧握着我们的枪杆。去，去，冲进敌人堡垒；去，去，杀尽敌人头颅！血酒是无上佳酿，请尽情地痛饮一觞！夺还我们的田园，取回我们的家乡。起来，这是我们的责任，紧握着枪杆上战场。

选自火线歌咏团编选《火线下之歌》，火线歌咏团，1939 年，第 30 ~ 31 页。

穆木天

穆木天（1900 ~ 1971），原名穆敬熙，吉林伊通县人，中国现代诗人、翻译家，象征派诗人的代表人物。1918 年毕业于南开中学，1926 年毕业于日本东京大学，回国曾任中山大学、吉林省立大学教授，1931 年在上海参加左联，负责左联诗歌组工作，并参与成立中国诗歌会，后历任桂林师范学院、同济大学教授，暨南大学、复旦大学兼职教授，东北师范大学、北京师范大学教授。1952 年加入中国作家协会。著有诗集《旅心》（1927）、《流亡者之歌》（1937）、《新的旅途》（1942）等。

冲锋歌

穆木天 词，山牧 曲

冲锋冲到强盗的老营，为什么我们的疆土任凭敌人横行？为什么我们的民族任凭敌人欺凌？我们要固守华北，我们要收复东北四省，为争取民族的自由平等，我们要用战争回答战争。

选自火线歌咏团编选《火线下之歌》，火线歌咏团，1939 年，第 39 ~ 40 页。

杨靖宇

杨靖宇（1905～1940），原名马尚德，字骥生，汉族，河南省确山县人，中国共产党优秀党员，无产阶级革命家，军事家、著名抗日民族英雄，鄂豫皖苏区及其红军的创始人之一，东北抗日联军的主要创建者和领导人之一，1932年，受党中央委托到东北组织抗日联军，历任抗日联军总指挥、政委等职。

东北抗日联军第一路军军歌

杨靖宇 词

我们是东北抗日联军，创造出联合军的第一路军。乒乓的冲锋杀敌缴械声，那就是革命胜利的铁证。

正确的革命信条应遵守，官长士兵待遇都是平等。铁般的军纪风纪要服从，锻炼成无敌的革命铁军。亲爱的同志们团结起。从敌人精锐的枪刀下，夺回来失去的我国土，解放亡国奴的牛马生活！英勇的同志们前进呀！赶走日寇推翻"满洲国"。这一次的民族革命战争，要完成弱小民族的解放运动。

高悬在我们的天空中，普照着胜利军旗的红光。冲锋呀，我们的第一路军！冲锋呀，我们的第一路军。

作于1938年。选自刘瑀、刘德隆编《砥砺人生放光华——革命先驱励志诗词选》，中华工商联合出版社，2014年，第112～113页。

白苏

晋东南好地方

白苏 词

晋东南好地方，西有太岳东太行。晋东南好地方，千里平原麦粟黄。煤窑铁矿满山岗，不愁吃，不愁喝。快乐日子大家享，大家享，大家享，不让鬼子来掠抢。

晋东南好地方，民众力量组织强。老百姓会打仗，带路送信运军粮。站岗放哨儿童团，八百万军政民，齐心合力来抵抗。来抵抗，来抵抗，不让鬼子进家乡。

此歌词作于1939年10月，原载于《新华日报》（华北版）。选自郭正义主编《浩歌赋太行》，新华出版社，1997年，第322页。

江陵

离家

江陵 词

泣别了白山黑水，走遍了黄河长江。流浪，逃亡，逃亡，流浪，流浪到哪里？逃亡到何方？我们的祖国已整个在动荡，我们已无处流浪，已无处逃亡。哪里是我们的家乡？哪里有我们的爹娘？百万繁华，一刹化为灰烬。无限欢笑，转眼变凄凉。说什么你的我的，分什么穷的富的！敌人杀来，炮毁枪伤，到头来都是一样。看！火光又起了，不知多少财产毁灭。听！炮声又响了，不知多少生命死亡。哪还有个人幸福？哪还有个人安康？谁使我们流浪？谁使我们逃亡？谁使我们国土沦丧？谁要我们民族灭亡？来来来！来来来！我们休为自己打算，我们休顾个人逃亡。我们应当团结一致，跑上战场，誓死抵抗。打倒日本帝国主义！争取中华民族的自由！

原载于《中央日报》（贵阳），1938年12月23日，第4版。选自周勇、任竞主编，王志民、袁佳红副主编《抗战大后方歌谣汇编》，重庆出版社，2011年，第129页。

莫耶

莫耶（1918～1986），原名陈淑媛，笔名白冰、椰子、沙岛，福建安溪人。抗日战争期间，任上海地下党领导的"救亡演剧第五队"编剧。1937年赴延安在抗日军政大学学习，更名莫耶，之后创作《延安颂》等歌曲。

延安颂

莫耶 词，郑律成 曲

夕阳辉耀着山头的塔影，月色映照着河边的流萤。春风吹遍了坦平的原野，群山结成了坚固的围屏。啊，延安！你这庄严雄伟的古城，到处传遍了抗战的歌声。哦，延安！你这庄严雄伟的古城，热血在你胸中奔腾。千万颗青年的心，埋藏着对敌人的仇恨，在山野田间长长的行列，结成了坚固的阵线。看！群众已抬起了头。看！群众已扬起了手。无数的人和无数的心，发出了对敌人的怒吼。士兵瞄准了枪口，准备和敌人搏斗。哦，延安，你这庄严雄伟的城墙，筑成坚固的抗战的阵线。你的名字将万古流芳，在历史上灿烂辉煌！

作于1939年。选自唐杨科、杨定书编《中国抗战歌曲精选》，西南师范大学出版社，2015年，第196～197页。

阳翰笙

阳翰笙（1902～1993），原名欧阳本义，字继修，笔名华汉等，四川高县人，编剧、戏剧家、作家，中国新文化运动先驱者之一。毕业于上海大学社会学系，1927年底参加创造社。1928年初起陆续发表小说，并撰写宣传马克思主义和革命文艺理论的文章。1933年以《铁板红泪录》开始电影创作，著有《中国海的怒潮》《逃亡》《生之哀歌》《生死同心》《夜奔》《草莽英雄》等。

牧羊女儿歌

阳翰笙 词，盛家伦 曲

阴山山路弯且长，草原千里闪青光。你吆着马儿上沙场，我赶着羊儿向牧场。青山青草跃跃羊，鲁伦河畔歌声扬。唱着歌儿想着郎，但愿长在自身旁。任你胆量赛虎狼，任你蛮力拔山岗。我只要牧鞭儿扬扬扬，看你还猖狂不猖狂。

作于 1938 年。选自刘佳声编著《二十世纪中国歌曲史编（1900～1949）》上册，内蒙古少年儿童出版社，2000 年，第 289 页。

林韦

林韦（1917～1990），曾用名陈耳东，山西沁县人。1936 年参加革命，1937 年在延安抗日军政大学加入中国共产党。历任延安抗日军政大学校刊主编，太行解放军昔阳等县县委宣传部长及区党委宣传干事，《人民日报》记者、农商部主任、新闻部主任、理论部主任及编委会委员，国家建设委员会研究室主任，中国社会科学院中国社会科学杂志社副总编辑及编委会成员。

黎明曲

林韦 词，郑律成 曲

铁蹄，踏不碎仇恨的心；海水，洗不清祖国的怨愤。按着遍体鳞伤，挺起铁的胸，我们走向大地的黎明。别为惨红的血迹而震惊，别为遍野的积尸而伤情，这是中华民族战斗的史诗，永远映照着光辉的生命！为生存不怕百年的苦战，要解放只有消灭尽敌人！我们既为反抗而来到了人间，还怕什么流血牺牲？黑暗氛围总会消散，严冬过去就是阳春。跨过横尸，向前面看吧，天空中笑着中华的黎明。

作于 1938 年。选自《抗战歌选 1931-1945》，人民音乐出版社，2015 年，第 257-258 页。

老舍

老舍，即舒庆春（1899～1966），字舍予，笔名老舍，满族正红旗人，本名舒庆春，生于北京，中国现代小说家、著名作家，杰出的语言大师、人民艺术家，新中国第一位获得"人民艺术家"称号的作家。著有长篇小说《小坡的生日》《猫城记》《牛天赐传》《骆驼祥子》等，短篇小说《赶集》等。老舍的文学语言通俗简易，朴实无华，幽默诙谐，具有较强的北京韵味。

丈夫去当兵

老舍 词，张曙 曲

丈夫去当兵，老婆叫一声。毛儿的爹你等等我，为妻的将你送一程。你去投军打日本，心高胆大好光荣。男儿本该为国死。丈夫去打仗，女子守家庭。在外边打得好，我在家中把地来耕。可惜我非男子汉，不能随你投大营；幸喜你今扛枪去，一乡之中有美名。谁不敬重我，丈夫去当兵；到了前方不怕死，保住江山万家生。纵然是死在沙场上，有为妻的替你守家庭；孩子长大来相问，我说你爸爸去打贼兵。为国尽忠死，千年留美名；父是英雄儿是好汉，前人修路后人行。儿子成人知爱国，保我中华享太平；只有那些无心汉，才在家中过一生。丈夫去当兵，老婆叫一声：毛儿的爹你快快去，为妻的不再远送行。盼你平安回家转！盼你多杀东洋兵！你若不幸身先死，英魂莫散喊杀声！

作于1938年。选自中国音乐家协会编《张曙纪念文集》，人民音乐出版社，2015年，第63～64页。

军民联欢（一）

老舍 词，苏崖 曲

我是兵，你是民，咱们本是一家人。我冲锋杀敌哪怕死，你种地作工多热心。军人收失地，百姓保乡村。军人百姓，百姓军人，大家一条心，打退日本人。我流血，你献金，咱们各尽各的心。都是同胞，都是兄弟，大家一条心，打退日本人。

选自教育部音乐教育委员会编《齐唱曲集》，教育部音乐教育委员会，1941年，第5～6页。

冷露

冷露，即禾波，原名刘智清，笔名荷波、冷露、季凫等，1920年生，四川荣县人。1937年初中毕业后任小学教员，参加抗日救亡运动，在四川家乡报刊发表新旧体诗与散文。1940年秋在衡阳《开明日报》发表歌词《青山下》，同年经徐厚仁谱曲后又载于桂林《新音乐》，当时流行于大后方。1942年加入中华全国文艺界抗敌协会。曾与沙鸥、屈楚等人合编诗家丛刊，出版《诗人》《诗家》《不凋的花》等。又与夏渌，赵无眠等人合编《诗激流》丛刊。

青山下

冷露 词，徐厚仁 曲

青山下，流水边，秋风一阵紧一阵。姐在洗衣低声吟，歇歇双手松松劲。天上白云飘，船在水中摇，宿鸟归飞急，夕阳的火烧着长堤的芳草。去年欢聚流水边，今朝独归早，幸喜传来消息好，消息好，消息好，江南天天有捷报。

作于1939年。选自刘佳声编著《二十世纪中国歌曲史编（1900～1949）》上册，内蒙古少年儿童出版社，2000年，第313～314页。

戴天道

戴天道，1915年生，武汉人，词作家。20世纪30年代是武汉合唱团领导成员之一。中华人民共和国成立前到香港，以经商做地毯生意为名，为中国共产党做地下工作，"文革"前回到大陆，后来又去了香港。

思乡曲

戴天道 词，夏之秋 曲

月儿高挂在天上，光明照耀四方。在这个静静的深夜里，记起了我的故乡。半夜里炮声高涨，火光布满四方。我独自逃出了敌人手，到如今东西流浪。故乡远隔在重洋，旦夕不能相忘。那儿有我高年的苦命娘，盼望着游子返乡。月儿高挂在天上，光明照耀四方。在这个静静的深夜里，记起了我的故乡。

作于 1939 年。选自刘佳声编著《二十世纪中国歌曲史编（1900 ～ 1949）》上册，内蒙古少年儿童出版社，2000 年，第 316 ～ 317 页。

熊复

熊复（1915 ～ 1995），笔名清水、庭钧、曼丝、茹纯、傅容等，四川邻水县人。1936 年参加中华民族解放先锋队，次年加入中国共产党。全国第四届政协委员、第五届政协常委，全国第五届人大代表及第六、七届人大常委，北京新闻学会副会长。

延水谣

熊复 词，郑律成 曲

延水浊，延水清，情郎哥哥去当兵。当兵啊要当抗日军，不是好铁不打钉。拿起锄头好种田，拿起枪杆上火线，救国有名声。延水浊，延水清，情郎哥哥去当兵。

延水清，延水浊，小妹子来送情郎哥。哥哥你前方去打仗，要和鬼子拼死活。奴家织布又开荒，冬有棉衣夏有粮，莫为奴难过。延水浊，延水清，情郎哥哥去当兵。

作于 1939 年。选自唐杨科、杨定书编《中国抗战歌曲精选》，西南师范大学出版社，2015 年，第 197 ～ 198 页。

李兆麟

李兆麟（1910 ～ 1946），别名李超兰，化名张寿篯，辽宁省辽阳县人。中共北满省委主要领导人之一、东北抗日联军创建人，100 位为新中国成立做出突出贡献的英雄模范之一。曾任中共满洲省委军委负责人，哈东支队政委，东北抗日联军第六军代理政治部主任、第三军政治部主任，北满抗日联军总政治部主任和东北抗日联军第三路军总指挥等职。

东北抗日联军军歌

李兆麟 词

绚烂神州地，白山黑水间。八载余，强敌嚣张，铁蹄肆踏践。中华民族遭蹂躏，惨痛何堪言。骨露原野，血染白山巅。义愤填胸，揭竿齐向前。誓驱倭寇，团结赴国难。民族自救抗日军，铁血壮志坚，杀敌救国复河山。

驰骋吉、黑边，横扫哈东南。军威远，松江动荡，兴安亦震撼。冰天雪地朔风吼，雨复霜天。救亡壮志永矢兮，弗谖！鼓角乍鸣，将士各争先。杀声四起，敌寇心胆寒。八载于兹未稍懈，孤军喋血战。伟哉豪气长虹贯。

机动游击队，突破嫩江原。貔貅健，长驱挺进，到处得声援。反日怒潮澎湃起，爆发指顾间。响应我国对日全抗战，消灭日贼走狗与汉奸。精诚团结，粉碎封锁线。救国重任万众担，势急不容缓，国耻血债血来还。

举国鼎沸兮，全民总抗战。烈焰烂，战争烽火延，烧遍中原。东北抗联齐奋斗，统一指挥建。三路军成立军民齐腾欢，厉兵秣马，慷慨赴火线。果敢冲锋，寇氛一扫完。民族革命成功日，红旗光灿烂，高歌欢唱奏凯旋。

作于 1939 年。选自晨枫主编《百年中国歌词博览》，安徽文艺出版社，2011 年，第 136 ~ 137 页。

长白山歌

李兆麟 词

强敌东来，侵略我国疆。施残暴如疯狂，白山血染红，黑水遗恨长。男儿壮，男儿壮，团结起来赴战场。血洗三岛国，气贯太平洋。军威远，红旗扬，但知救中国，誓死振家邦。不怕强，不怕强，驱贼滚出鸭绿江。

选自姜念东主编《历史教训（九一八纪实）》，吉林人民出版社，1991 年，第 720 页。

公木

公木（1910～1998），原名张永年、张松甫，又名张松如，笔名公木、龚棘木、席外恩、四名、魂玉等。公木 1910 年夏出生于直隶束鹿（今河北省辛集市）北孟家庄村。

八路军进行曲

公木 词，郑律成 曲

向前！向前！向前！我们的队伍向太阳，脚踏着祖国的大地，背负着民族的希望，我们是一支不可战胜的力量。我们是工农的子弟，我们是人民的武装。从无畏惧，绝不屈服，英勇战斗，直到把反动派消灭干净，毛泽东的旗帜高高飘扬。听，风在呼啸军号响；听，革命歌声多嘹亮！同志们整齐步伐奔向解放的战场，同志们整齐步伐奔去祖国的边疆。向前！向前！我们的队伍向太阳，向最后的胜利，向全国的解放！

作于 1939 年。选自欢欣编《民族魂——纪念抗战胜利 70 周年红歌选》，江苏文艺出版社，2015 年，第 78～79 页。

子夜岗兵颂

公木 词，郑律成 曲

一天鳞云，筛出了几颗疏星。相映溪流呜咽，是谁弹奏起这一阕乡曲。四围里低吟着断续的秋蛰。远处一点孤灯，像一点流萤，明灭在有无中。画出了无涯的黑暗，也画出了山影重重。

你可敬的岗兵，手把着枪托，挺立在路口，面迎着西风。一声口令，钉住了近前的人影。当众人安息在梦乡时，你却独自个掌握着安全，保卫着和平！西风吹破了你的脸，也要吹破这无涯的黑暗吧！在重重的山影之东，黎明也伸开了翅膀！你就要浴在这灿烂的晨曦里了。晨曦将照得你的脸儿绯红，你可敬的岗兵啊！

选自新光音乐研究社编印《新歌手册》，1942 年，第 18～19 页。

桂永清

桂永清（1900～1954），字率真，江西省贵溪县人。黄埔军校一期毕业，参加过第一次东征、第二次东征、北伐战争、抗日战争和国共内战，历任师长、军长、中华民国海军总司令，国民政府国防部参谋总长，国民革命军海军一级上将。

巾帼英雄

桂永清 词，刘雪庵 曲

大地春回，晴空万里静无霞。江山如画，衬吾贞健好年华。思潮澎湃，激荡兴嗟；念兴亡有责，何以为家？木兰从军，良玉杀贼，不羡鹿车，谁是英雄？谁是壮士？挥戈落日，开天辟地，立德立功立言。我爱他，我爱他，我爱我的中华！

选自新光音乐研究社编印《新歌手册》，1942年，第29～30页。

丁尼

丁尼，原名杨怀德，靖江市太和乡人。1936年加入中国共产党。曾任大丰县川港区公安股长。

故乡月

丁尼 词，韩悠韩 曲

淡淡月光，银波荡漾。月光照在公头，是愁是怅？啊，啊，故乡啊，故乡啊。那年那月再能吟咏在月下的松花江上。长白山麓，有我可爱的家园，有我童年的甜蜜。现在啊，一切只能在梦里来往。血腥伴着金风，白骨映着寒光。啊，月下的故乡，一片荒凉。故乡的人哪，也不知去何方？

选自新光音乐研究社编印《新歌手册》，1942年，第31～32页。

跌倒算什么

绿永、舒模 词，舒模 曲

跌倒算什么，我们骨头硬，爬起来再前进！生要站着生，死也要站着死！跌倒算什么，我们骨头硬，爬起来再前进。天快亮，更黑暗，路难行，跌倒是常事情，常事情。跌倒算什么，我们骨头硬，爬起来再前进。

作于 1943 年。绿永，即李凌。选自叶皓主编《放歌南京》，南京出版社，2010 年，第 13 页。

牧虹

牧虹（1918 ~ 1989），原名赵鸿模，别名赵牧虹，江苏徐州市人。1936 年考入南京国立戏剧专科学校。1938 年 9 月赴延安入鲁迅艺术文学院学习，后留校工作，曾在冼星海指挥的《黄河大合唱》中担任朗诵，创作了《团结就是力量》等一批话剧和歌剧。

团结就是力量

牧虹 词，卢肃 曲

团结就是力量，团结就是力量，这力量是铁，这力量是钢，比铁还硬，比钢还强，向着法西斯帝开火，让一切不民主的制度死亡！向着太阳，向着自由，向着全中国发出万丈光芒。

作于 1943 年，选自刘佳声编著《二十世纪中国歌曲史编（1900 ~ 1949）》上册，内蒙古少年儿童出版社，2000 年，第 407 页。

李有源

李有源（1903～?），男，陕西佳县城北五里张家庄农民，被誉为"农民歌手"。1940年佳县民主政权建立以后，李有源翻身得解放，满怀激情编创了许多民歌、快板、小剧，宣传革命。

东方红

李有源 词，李焕之 曲

东方红，太阳升，中国出了个毛泽东。他为人民谋幸福，呼儿嗨哟，他是人民的大救星。

毛主席，爱人民，他是我们的带路人。为了建设新中国，呼儿嗨哟，领导我们向前进。

共产党，像太阳，照到哪里哪里亮。哪里有了共产党，呼儿嗨哟，哪里人民得解放。

作于1943年。选自王广吉、闫世平著《中老年合唱团必唱歌曲精选集（大字版）》，北京体育大学出版社，第149～151页。

赵洵

赵洵（1917～1988）翻译家。女。满族。吉林省吉林市人。早年就读于哈尔滨工业大学。1934年加入中国共产党。曾任晋察冀华北联合大学教员，延安鲁迅艺术学院文学系研究员。

晋察冀小姑娘

赵洵 词，徐曙 曲

1

晋察冀有一个天真的小姑娘，她生长在胭脂河畔的一个村庄，她麦苗般嫩小，她却钢铁般顽强，她钢铁般顽强！

2

在一个风雪的晚上，鬼子合击了她的家乡；她爹娘乡亲被杀死，她死里逃生也受了伤。

3

四周的风雪飘荡，她身上是染血的衣裳，风雪吹打伤口上，她四肢无力无可奈何倒在大路旁。

4

远远一阵子踢踏踢踏踢踢踏踏的响，（白）"小姑娘忽然听见远远有脚步声响，心中暗暗道，这一定是鬼子来了。慢慢抬头一看："原来是子弟兵来到了这个村庄，要找个向导找不见。（白）"这个小姑娘见子弟兵找不到向导，你看她不顾伤口疼痛。"这个小姑娘挺身带路，上了战场。

5

小姑娘任务完成了，摸路回家，黑夜里使她把路走差，迎面碰上了日本鬼，逼着她带路；为的是怕挨炸。姑娘双眼在黑暗中闪闪的发光，仇恨的火燃烧在她的胸膛，左一思来右一想，她把敌人的大队引进了伏击圈中的地雷网。（白）"话说小姑娘黑夜回家八路走错了，迎面碰上了日本鬼子逼着她带路，她猛然想起军民誓约：决不能、替汉奸鬼子带路，你看她抱定了牺牲的决心，把鬼子引进了我们伏击圈中的地雷网。"轰隆隆隆、轰隆隆隆、隆隆隆隆、隆隆隆隆，震天的响，东边响来西边响，马狂跳，鬼子叫，血肉飞溅石头上，这一堆死来那一堆伤，鬼子的大队不敢前进，他乱嚷嚷。忽听得山头上枪声达达达达达达达的响，东边响来西边响，鬼子倒来马受伤，只打得鬼子没处躲来没处藏，叫爹的叫爹，叫娘的叫娘，慌慌张张向后转，丢下了一大堆的死尸，还有一大堆的枪。

8

战斗完了，东方发亮，这一片朝霞，满天的红光。这位可敬可佩的小姑娘，她把这年轻的热血，也洒在了养育她的土地上。

9

战斗的晋察冀，花儿不按旧的开，花儿不按旧的长，这英勇的故事，让我们永远的歌唱，永远的歌唱。

作于1944年。选自刘佳声编著《二十世纪中国歌曲史编（1900～1949）》上册，内蒙古少年儿童出版社，2000年，第437～446页。

佚名

有家归不得

佚名 词，郭任远 曲

山明水秀，是我的故乡，闲云掩映，是我的故乡。杜鹃啼声凄，倍增我乡思。有家归归不得去，遍地烽火，漫天战云在那边，倍增我乡思。

作于1944年。选自刘佳声编著《二十世纪中国歌曲史编（1900～1949）》上册，内蒙古少年儿童出版社，2000年，第447页。

长工

长工，原名樊式庚，笔名长工，新中国剧社成员。

茶馆小调

长工 词，费克 曲

晚风吹来天气燥呵，东街的茶馆真热闹，楼上楼下客满座呵，"茶房！开水！"叫声高，杯子碟儿叮叮当当，叮叮当当叮叮当当响呀！瓜子壳儿噼咧拍啦，噼咧拍啦满地抛呵。有的谈天，有的吵，有的苦恼，有的笑！有的谈国事呵，有的就发牢骚。只有那茶馆的老板胆子小，走上前来细声细语说得妙，细声细语说得妙：诸位先生！生意承关照，国事的意见千万少发表，谈起了国事容易发牢骚呵，引起了麻烦你我都糟糕，说不定一个命令你的差事就撤掉，我这小小的茶馆，贴上大封条。撤了你的差来不要紧呵，还要请你坐监牢。最好是今天天气，哈哈哈哈！喝完了茶来回家去，睡一个闷头觉，睡一个闷头觉（唔）。哈哈哈哈！哈哈哈哈！满座大笑，老板说话太蹊跷，闷头觉睡够了，越睡越糊涂呀，越睡越苦恼呀，倒不如干脆大家痛痛快快地谈清楚，把那些压迫我们，剥削我们，不让我们自由讲话的混蛋，从根铲掉！倒不如干脆大家痛痛快快地谈清楚，把那些压迫我们剥削我们不让我们自由讲话的混蛋，从根铲掉！

作于 1944 年。选自刘佳声编著《二十世纪中国歌曲史编（1900~1949）》上册，内蒙古少年儿童出版社，2000 年，第 448~452 页。

汪东

汪东（1889~1963），字旭初，江苏吴县人。早年东渡日本，结识孙中山，参加同盟会，任《民报》主编，民国初任总统府咨议。1927 年后任中央大学文学院院长、教授，礼乐馆馆长。

战士还京曲

汪东 词

凤裘旌旗下汉三，三军尽唱凯歌旋。紫金山色浑如旧，血染征袍已八年。

此歌曲作于 1945 年。选自袁行霈主编、赵仁珪执行主编《诗壮国魂：中国抗日战争诗钞（歌词歌谣）》，中国青年出版社，2015 年，第 7 页。

井岩盾

井岩盾（1920~1964），山东东平人。1938 年加入民族解放先锋队，1940 年初到延安，入鲁迅艺术学院文学院学习，出版诗集《摘星集》，短篇小说及报告文学集《辽西纪事》、报告文学集《在晴朗的阳光下》等。

做工谣

井岩盾 词，马可 曲

机器隆隆开起来呀，铁锤叮当打起来呀，生产为的是革命啊！革命成功幸福来。万丈高楼从地起呀，想吃樱桃树来栽呀，如今国家属于人民啊！一切看自己来安排。干呀，加油！干呀，加油！干呀，干呀，加油，加油！活捉蒋介石，消灭反对派，谁要挡住我们的路，我们一脚把它来踢开！

作于 1948 年。选自刘佳声编著《二十世纪中国歌曲史编（1900 ~ 1949）》上册，内蒙古少年儿童出版社，2000 年，第 501 页。

沙虹

沙虹（1920 ~ 2004）即沙洪，原名王敦和，笔名沙虹，安徽萧县人，1936 年参加中国共产党领导的徐州秘密学联，开始进行抗日救亡活动。1937 年 12 月在安吴堡西北青年训练班、延安抗大学习，1938 年 5 月加入中国共产党。长期在山东担任新闻报刊的实际工作和领导工作。

跟着共产党走

沙虹 词，王久鸣 曲

你是灯塔，照耀着黎明前的海洋；你是舵手，掌握着航行的方向。伟大的中国共产党，你是核心，你就是方向，我们永远跟着你走，人类一定解放！我们永远跟着你走，人类一定解放。

作于 1949 年。选自刘佳声编著《二十世纪中国歌曲史编（1900 ~ 1949）》上册，内蒙古少年儿童出版社，2000 年，第 513 ~ 514 页。

朱子奇

朱子奇（1920 ~ 2008），原名朱文，湖南汝城人，著名诗人、评论家，中国作家协会会员。民族解放先锋队队员，1938 年毕业于延安抗日军政大学，同年加入中国共产党。曾任政务院文委对外联络局苏联东欧处处长，世界和平理事会理事、书记处中国书记（布拉格），中国人民对外友好协会常务理事，中国作家协会党组副书记、书记处常务书记、主席团委员，中外文学交流委员会主任，中国诗歌学会副会长，《诗刊》编委等。

新中国的青年

朱子奇 词，贺绿汀 曲

人民翻身的旗帜在飘荡，祖国解放的歌声在飞扬。生活在新民主的太阳下，前进在祖国大地上。像暴风雨中的海燕，勇敢飞翔尽情歌唱。我们新中国的青年，毛泽东的学生，刻苦朴素，团结忠诚，严肃紧张，理论联系实际，一切为人民。前进！新中国已来临。听啊，到处是进军的号声。

作于1949年。选自刘佳声编著《二十世纪中国歌曲史编（1900～1949）》上册，内蒙古少年儿童出版社，2000年，第514～515页。

其名

人民在歌唱

其名 词，践耳 曲

欢呼，嗨，欢呼！全国人民在欢呼！歌唱，嗨，歌唱！全世界人民齐歌唱！欢呼咱人民共和国的诞生。歌唱这世界和平堡垒的万丈光芒！伟大新生的历史今天从头写，勤劳勇敢的人民从此得解放！嗨，嗨！全中国人民大团结，朝着一个方向，在毛主席的旗帜下走向独立富强！在毛主席的旗帜下走向独立富强！

作于1949年。选自刘佳声编著《二十世纪中国歌曲史编（1900～1949）》上册，内蒙古少年儿童出版社，2000年，第518～519页。

张彻

张彻，著名导演、编剧。曾为上海国泰公司编剧。

阿里山的姑娘

张彻 词，邓禹平 曲

高山青，涧水蓝，阿里山的姑娘美如水呀，阿里山的少年壮如山。高山长青，涧水长蓝，姑娘和那少年永不分，碧水常围着青山转。

作于 1949 年，故事片《阿里山风云》主题歌。选自刘习良主编《歌声中的 20 世纪：百年中国歌曲精选》，中国国际广播出版社，1999 年，第 205～206 页。

钟灵

钟灵（1898～1960），字勋安，号岳生，紫城镇人，革命家。1923 年加入中国共产党，1927 年，参加紫金"四·二六"武装暴动，1937 年，党组织又派他到河源东江书店任经理，建立地下交通站，从事党的秘密活动。紫金解放后，先后在县公安局、民政科工作。

催眠曲

钟灵 词，李群 曲

摇一摇，小宝宝，快睡觉，不要闹。爸爸去当抗日军，勇敢杀敌人。敌人是个恶魔王，生就一副毒心肠。残杀我同胞，强占我地方。宝宝切莫怕，爸爸去打他，就要转回家，回家带给宝宝一个东洋泥娃娃。摇摇快睡觉。

选自鲁艺编译部《新歌选集》，辰光书店，1939 年，第 58 页。